乔口·鱼花港

王涧波 著.

柳林江畔的明珠
千年古镇的后苑
名望城区的乡愁
美丽乡村的新版

光明日报出版社

图书在版编目（ＣＩＰ）数据

　乔口·鱼花港 / 王涧波著. -- 北京：光明日报出
版社, 2017.9
　ISBN 978-7-5194-3488-5

　Ⅰ. ①乔… Ⅱ. ①王… Ⅲ. ①散文集 – 中国 – 当代
Ⅳ. ①I267

　　中国版本图书馆 CIP 数据核字(2017)第 249288 号

乔口·鱼花港

著　　者：王涧波

责任编辑：张盈秀 史　宁　　　责任校对：傅泉泽
封面设计：丁　瑞　　　　　　　责任印制：曹　净

出版发行：光明日报出版社
地　　址：北京市东城区珠市口东大街 5 号，100062
电　　话：010-67021037（咨询），67078870（发行），67019571（邮购）
传　　真：010-67078227, 67078255
网　　址：http://book.gwm.cn
E - mail：gmcbs@gmw.cn　　　shining@gwm.cn
法律顾问：北京德恒律师事务所龚柳方律师

印　　刷：廊坊市鸿煊印刷有限公司
装　　订：廊坊市鸿煊印刷有限公司
本书如果有破损、缺页、装订错误，请与本社联系调换

开　　本：710×1000　1/16
字　　数：200 千字　　　　印　　张：12.25
版　　次：2017 年 9 月第一版　印　　次：2022 年 8 月第 3 次印刷
书　　号：ISBN 978-7-5194-3488-5

定　　价：50.00 元

目　录

引 言

发源于益阳笔架山的烂泥湖撇洪河一路东行，在一个叫马转坳的地方转向北流四公里许，又折转东流注入湘江。这一段曲尺形的江流，现在的人们仍沿用其早年诗画一样的名字——柳林江。

在柳林江的东南，有一大片诗画一样的土地，这就是长沙市望城区乔口镇。乔口镇以其历史悠久、风景秀丽、人文厚重而闻名于世；以其物产丰盈、水运发达、经济繁荣而闻名遐迩。凭着得天独厚的条件，凭着弄潮时代的敏感，凭着独具匠心的智慧，乔口人于近年打造出了繁华的"乔口渔都"，古老的乔口镇，成了人们争相眷恋的地方。

乔口人没有就此而驻足。因为其遗传的基因里，延续着不断进取的思维；因为其广大的乡村里，蕴藏着取之不尽的资源；因为其在经济转型的大潮中，得到了千载难逢的机遇。2016 年，乔口镇以美丽乡村建设与新城镇化建设为契机，将柳林江畔的盘龙岭村、蓝塘寺村、湛水村和荷叶湖村，打造成具有农业和旅游两个行业优势的新品牌——鱼花港美丽乡村示范片。"鱼花港"全域面积 20 平方公里，是一个以鱼、花、水为特色的乡村休闲与生态旅游胜地。

"渔花港"域内，有众多的水乡自然景观，有保存完好的人文胜迹，有神奇有趣的地名传说，有曼妙的民间歌舞，有别具风味的农家美食……

第一章　三园竞秀

　　鱼花港域内有众多叫"园"的地方，诸如鱼乐园、芙蓉园、耕读园、任家园、官子园、石榴园、五方园、麻子园、黄家园等，其中最大的园有三座，这就是鱼乐园、芙蓉园和耕读园，其他的园只能算得这三园的"园中之园"。

鱼乐园

鱼乐园在鱼花港的正南边。雷锋北大道北端有条西向的乔朱公路，沿乔朱公路行走一公里，便到了鱼乐园。在这面积约 4 平方公里的园中，虽然没有浩瀚的湖泊，却散落着星罗棋布的水塘。这些塘，大者百多亩，小者十余亩。这些塘，都是早年在洞庭湖变迁和柳林江北移中，由湖盆和河道切割而成的，因此多少留有河湖的特征。如其水深，如其含沙，如其涌泉等。正是因为有了这些特征，这些塘具有鱼类生长的天然环境。因此这里盛产鲜鱼，尤其是一种白鱼，体长、嘴尖、翅少、味美，是不可多得的佳肴。此外还有青背、细嘴的鲫鱼，还有体长、肉嫩的黄板刁，还有口阔、体肥的磨嫩等。奇怪的是，在这些塘中，这几种鱼不养自生，且年年如此。

春、夏、秋的清晨，水塘周边是天籁之音的殿堂，又是物竞天演的世界。塘边柳梢上，成群的麻雀们叽叽喳喳地闹腾起来，漂亮的白鹭展开宽大的翅膀在柳丛上滑翔，尖嘴的翠鸟却一声不响地俯视着水塘里的一切。水塘上飘浮着一层白白的雾气，数不清的蜻蜓在水面上盘旋，数不清的蚊虫和蝇类在水面上翻飞。蹲踞在塘边的青蛙们看准机会，不时用灵巧的长舌，将落单的蚊蝇卷入腹中。塘中的体大的鳙鱼和鲢鱼们，此时正张开大嘴，等待着那些送上门来的美味。体小的游鱼也不示弱，时而跃起，在密聚的蝇蚊群中夺得了美餐。可就是在这当口，树梢上的翠鸟俯冲下来，以迅雷不及掩耳之势，将跃起的游鱼刁入嘴中，然后飞回树梢，美滋滋地用着"早点"，享受起"久叨物外清闲福"来。

然而，那些黄板刁、鲫鱼和磨嫩不赶这趟热闹，它们此时潜在水中，悠闲地说着悄悄话。它们一般都要在黄昏以后才出来觅食。此时，百鸟归林，万籁俱寂，水生的微生物和蚊虫正好出来活动，这就成了它们捕获的对象。这时却又上演了一出"螳螂捕蝉，岂知黄雀在后"的好戏。不过，此时扮演黄雀的不是翠鸟，而是居住在塘边的农家汉子。农家汉子捕获这些聪明的鱼类的办法有两个。一是天黑下来以后，他们在塘边放下轻便的大罾，大罾上还吊着散发着香味的、发出着微光的诱饵。微光吸引着蚊虫和水生微生物，淡淡的香味撩拨着鱼儿们的食欲，黄板刁们抵挡不住这强烈的诱惑，便纷纷向大罾里聚集，坐在岸边的农家汉子瞅准机会，用力将罾绳一拉，活蹦乱跳的黄板刁们便成了农家汉子们篓中之物。农家汉子们的另一办法就是将长长的丝网撒入塘中，第二天天不亮，农家汉子们便一边收网，一边在网上捡鱼。

天亮之后，农家汉子们或用腰篮子或用竹篓提着这些鲜活的鱼，来到乔口街上。腰篮、竹篓刚在街边放下，就围上一大群人，卖鱼的农家汉子做的是无本买卖，因此也不过多地抬价喊价，买鱼的街坊邻里喜欢的就是这种鲜活的黄板刁之类的美味，因此也不过多地讨价还价。说笑间，腰篮、竹篓空了，农家汉子的口袋里也充实了。

凭着这份勤劳，凭着这份朴实，这些农家汉子的日子一天天好起来。冬去春来，一幢幢小楼在水塘边拔地而起，一台台小车在小楼前来往穿梭，一张张笑脸在小车中盛情绽放。更值得人们倍加点赞的，是农家汉子们的思想解放了，眼光远大了，他们不甘于小富即安，不甘于坐享幸福。他们在这里建起了渔俗展示园，建起了能让人体验渔事的盘龙塘鱼场和新渔村，建起了花海栈道和观鹭木塔，还开辟了观鱼湿地，他们中很多人在水塘边开起了"农家乐"，开始当起了小老板。现在，当你进入鱼乐园，首先映入眼帘的就是一楼台亭阁的所在，这就是"凤凰山庄"。凤凰山庄建立在一个叫盘龙塘的水塘边，这里，塘里有鱼，园里有菜，栏里有猪，坶里有鸡鸭。客人来了，吃的是真正的"点菜"；这里，有清静的书屋，有别致的琴房，有缤纷的花草，客人身处其中，感觉到的真还有些"乐不思蜀"。凤凰山庄的主人刘玄是一农家子弟，也是一个地方文化研究者。他将地方文化融合于山庄的经营理念之中，将地方文化融合于每道菜的制作之中。

划白船的故事是他的好友钟加山在乔口乡间挖掘出来的。他利用这个故事首创了一道名菜"红烧白鱼"。这是一道典型的味特别美、文化内涵特别丰富的好菜，现在成了鱼乐园里的每一农家乐里看家菜。本文开头提到的白鱼，用丝网捕不到，用大罾也捕不到，因为其习性与众鱼类不同，它要在夜深才出来活动，且性多疑，善跳跃，很多捕鱼高手都很难抓到它，只能望鱼兴叹。据传很早的时候，乔口盘龙塘边有一后生，名叫张三和，与母亲相依为命，因为父亲过世早，家里没有田产，张三和很小就只好以捕鱼为生。有一次他在盘龙塘捕了很久，没捕到一条鱼，只捞到一只很大的蚌壳，张三和一面将蚌壳丢回水中，一面对着蚌壳说，到深水里去吧，不然会性命不保的。后来，他听说白鱼在乔口街上很是走俏，便想起办法来。一天半夜时分，他划着一条小船在盘龙塘中转悠，居然有几条白鱼跳上船头。这使张三和很受启发，第二天，他暗地里将小船涂上白色的树浆，还在船头吊着用蛋壳装着的萤火虫。到三更时，将白船推下水，自己坐在船尾不声不响地划起来。说来也怪，成群的白鱼见到移动的白船和闪烁的萤火，以为是白色的飞蛾群，竟然不断地往船上跳。这让张三和心里好生喜欢，从此他白天睡觉，晚上划白船捕鱼，早晨到乔口街上卖鱼，家里开始有了起色。可是好景不长，有一天夜里，一女鬼跳个船头，要索张三和的性命。张三和抡起桨叶与女鬼搏斗，但他哪里是女鬼的对手，几个回合下来，张三和精疲力竭，女鬼自以为得手，走上前去想将张三和推下水。危急关头，一只硕大的蚌壳上得船来，展开壳体，将女鬼夹住，丢回水中。张三和得救后，向蚌壳谢恩。蚌壳说，恩不要谢了，明日午时，有女子来到你家，要好好接待。第二天张三和卖完鱼后，一直在家等待。果然有一漂亮女子飘然而至。女子坦言，她就是被张三和放生的蚌壳，已经得道成仙，念张三和心地善良，有意来凡间与之结为连理。从此，张三和的母亲有人照看了，家里渐渐地富了起来。后来，划白船捕白鱼成了这一带人的传统。

在鱼乐园餐桌上，吃着鲜美的红烧白鱼和地道的乡间美味，听着优美动人的传说故事，这真是其乐无穷呀！

芙蓉园

芙蓉园地处鱼花港之西南的柳林江边，面积约 3 平方公里。如果从地图上看，其地很像一片被风吹动的荷叶。如果置身其中，这里是水的迷宫，因为这里有一浩翰的湖泊，湖泊水面向东呈五瓣莲花形展开，使人感觉到移步是水波荡漾，举目是水映蓝天。这就是有名的南湖。

南湖不仅形似莲花，而且盛产莲藕。一年之中，南湖里不仅有"小荷才露尖尖角，早有蜻蜓立上头"的诗意，更有"接天莲叶无穷碧，映日荷花别样红"的美景。每当这个时候，一些轻巧的小船载着风姿绰约的村姑，在这美景中穿梭。村姑们一面采摘着鼓鼓囊囊的莲蓬，一面吟唱着清清脆脆的小曲，间或还飞出一串串银铃般的笑声。那些在湖边水中觅食的鹅群，悠闲地"白毛浮绿水，红掌拨清波"。它们时而伸长脖颈，发出"喔，喔，喔"的鸣叫，时而张开宽大的翅膀，展示着优美的身姿。也是在这个时候，湖边错落有致的村舍门前，老妈妈手搭遮阳望着湖中。老妈妈的眼中，流露着对采莲女儿的关心，也流露着对采莲女儿的赞慕，更流露着莲籽丰收的期待。

这里的村舍，有的是造型别致的小楼，有的是雍容大气的别墅，有的是明清风格的庄院。围绕着这些村舍的，是墨绿的树林，是姹紫嫣红的花草，是平整的田畴；连接这些村舍的，是别具韵味的小桥流水，是蜿蜒宽阔的水泥大道，是凌空飞架的电线网络。穿行在这样的村舍间，徜徉在湖边的道路上，仰望着蓝天白云，远望着如黛青山，人们会自然而然地吟诵起"绿树村边合，青山郭外斜"的诗句来。住在芙蓉园北面"有余轩"的一位八十六岁杨和生老人，每天在芙蓉园里转悠，那天转悠回家，竟然诗兴大发，戴上老花镜写诗赞曰：

盛世兴隆艳日天，荷花开放应时鲜。

无限风光无限好，有余美景有余轩。

人们都说，住在芙蓉园里的人享受了人间最好的福。人们还说，也难怪芙蓉园里的人享福，因为芙蓉园是一块福地。风水先生说，芙蓉园的确是块福地，是正宗的"荷花地"。相传很早的时候，这里有个叫杨天一的穷汉，寄居在岳父家。有一天午夜起来在天井边就近小便，黑暗中，居然发现天井之中开出一朵艳丽的莲花。莲花夜放本来就是吉祥的征兆，何况在天井中夜放莲花，这更是有福之人才能看到的。杨天一没有泄露天机，只是暗中发奋。世事沧桑，星移斗转。二十年后，杨天一的岳父家道中落，杨天一却发达了，从南湖易公坝到靖港杨木桥，四百八十石田都成了他的家产。然而这三十里路长的田庄带上，还有陈家坝一块田没有买到手。这陈家坝一侧的"官园"，正是他岳父家昔日的庄院，庄院中的天井，就是那荷花夜放的地方，杨天一发誓要买下来。他放出言辞：不管是陈家坝、何家坝，我杨天一一笔扫天下！事后，终于以高出几倍的价格买到了手。成交的第三天，正是杨天一七十岁大寿。高兴之余，他对儿子说，如今我的家产，足够你们用几代也用不完。杨天一的儿子不以为然，应声答道，说什么用几代，我明上午就可以用完。儿子说完，四处张罗搭台唱戏，为父亲祝寿。戏演到热闹时，已是人山人海。杨天一的儿子见火候已到，便叫来多人，用箩筐担着银子和铜钱，向台下撒去。一边撒还一边说道，子孙不如我，要钱做什么！就这样，杨天一家中多年的积蓄，被撒得所剩不多了。看到儿子有如此志气，杨天一高兴得彻夜不眠，一连饮了几大杯酒，此后便长睡不起。杨天一死后，家人遵其遗愿，将其葬在那荷花夜放的地方。此后几百年，杨家一直是满门发达，不但出了很多有头面的读书人，也出了很多经营田产的阔佬。奇怪的是，一百多年之后，因一条渠道正好从杨天一墓地的东侧经过，人们在墓地东侧挖土时，竟然发现一片金质的莲花瓣，人们惊诧之余，对芙蓉园是"荷花地"更加深信不疑了。

一千年前，宋明理学开山鼻祖周敦颐在其《爱莲说》中有言：予独爱莲之出淤泥而不染，濯青涟而不妖。中通外直，不枝不蔓，香远益清，亭亭净植，可远观而不可亵玩焉。老先生对莲之爱，对莲之赞，可谓无以复加。如今，当我们徜徉在芙蓉园中，欣赏着芙蓉园里如此众多的莲花，听闻着芙蓉园里关于莲花的故事，品味着老先生关于莲花的经典名言，斯时斯地，其时空当有跨越之感！其神思当有飞越之感！其心灵当有升华之感！美轮美奂的芙蓉园，献给人们的，可谓多矣！

耕读园

在鱼乐园和芙蓉园的北边，紧挨着耕读园。耕读园是鱼花港里最大的园，面积近 6 平方公里。从地图上看，耕读园的平面形状多少有些像一顶向北面竖放着的草帽。草帽正对着柳林江由北转向东流的拐点，故其西面和北面都临近柳林江。

临江的地势相对低平，低平的地方适于耕种。早年的柳林江既连通着烂泥湖和团头湖，也连通着湘江和资水，还连通着散落在耕读园一带的湖港。因此，这里的水流的态势紊乱复杂，柳林江就是从这紊乱复杂的水流中自然形成的水道，这水道几经变迁，故最初并无堤坝。没有堤坝的拱卫的耕读园一带，其时的农田谓之湖田。明朝初年，从江西迁徙来此落业几姓先民，在此经营湖田，在柳林江水势平稳的年代，可喜获丰收，在柳林江水漫湖田时，就只能"浮扁担"。好在这里地面广阔、土质肥沃，种湖田的收获能"一年收可敌三年水"。在水患期间，先民们也不闲着，他们划着小船，撒网捕鱼。就这样，他们水退而耕，水涨而渔，艰难地过着亦耕亦渔的生活。清康熙年间，乔口几大姓联盟筑堤 3600 丈，合力修成"东南埂"，此后又先后修成祠堂围、湛湖围和苏家埂，湖田从此变成永业田。耕种永业田的众姓，从此告别多年来的亦耕亦渔生活，开始了稳定的农耕生涯。此后不久，乔口刘氏相继走出刘权之、刘工询等几个在朝为官的读书人。且这几个读书人发迹后，不但衣锦还乡，而且在老家建起了富丽堂皇的大宅院，这些大宅院在炫耀其家业兴旺之余，还等于是在告诉其他几姓人，"书中自有黄金屋，书中自有颜如玉"。先后迁来乔口的杨姓、汪姓、陈姓和李姓，岂甘落后，纷纷各自办起了族学。在族学里读书的人，都享受着族里的优惠，因之读书人越来越多。但在竞争激烈的科举制度下，读书人不可能"荷叶包菱角"个个出头，除了少数几个走出了家乡外，其余饱读诗书的学子们，只好就地务农，过着亦耕亦读的生活。由亦耕亦渔到亦耕亦读，这是居住在柳林江畔众姓族人处世生活的一次大飞跃、大提升！

至今，耕读园流传有一个故事，可见耕读园中的先人们亦耕亦读之一斑。清乾隆年间，祠堂围里有一老汉，姓汪名瑞庭，时年六十多岁。这年正月十八日上午，汪瑞庭赶着自家的大水牯牛，来到自家的"担八大丘"，麻利地套好犁，开始了新的一年的耕种。因为这天是一年中人牛第一次下田，家人照例放了一卦长鞭炮，以祝贺"起春"。鞭炮声惊动了一个在柳林江堤上行走的游学先生，这游学先生自恃满腹诗书，想在江老汉面前显示一番，于是他走到"担八大丘"，对着汪老汉吟道：

> 白发公公犁春田，
> 右扶把手左拿鞭。
> 今朝脱了鞋和袜，
> 不知明朝穿不穿？

汪瑞庭听了，知道这游学先生在戏弄自己，于是他不动声色地用"过山垅"回敬道：

> 何言脱袜与穿鞋，
> 谷米高粱不自来。
> 经史亦吾田和地，
> 躬耕彼此乐开怀。

那游学先生听了心想，这老头把经书史籍比作自家的田地，未必他知其然？于是问道：敢问老人家，"经史亦吾田和地"典出何处？汪瑞庭老汉一面叱牛前行，一面答道：《合璧》一书中有言，宋朝时四川杜孟游太学，受蔡京用事，杜孟幡然而归，愤而说道，"忠孝吾家之本，经史吾家之田。"请问先生，对也不对？游学先生没有想到，一个乡野村夫，竟然如此确切地引用古人之言，顿时心生惭愧，于是悻悻地走开了。当晚，游学先生来到汪家。汪家正好坐着几个与汪老汉差不多年纪的老者。游学先生喝茶之后，便海阔天高地谈起四书五经来。在座的开始时静静地听着，待游学先生说得口干了，端起茶杯喝茶时，突然有人发问，游学先生喝了茶，对第一个的提问尚能滔滔不绝地回答，但一个接着一个地提问，使游学先生渐难招架，最后终于被问得哑口无言，只好甘拜下风，临别时对众人拱手说：处江湖之远，有耕读之家，逢饱学之士，在下领教了。

令人感慨的是，这种一边耕种着永业之田一边躬耕着经史之田的做法，一代一代地传承下来，成为今天耕读园的历史基础。今天的耕读园，不但有田园秀丽、湖波荡漾、村庄典雅的外在美，而且有厚重历史传承、淳朴民风民俗、执着读书氛围的内在美。耕和读，在这里已然成为一种特有的民俗。这种民俗，不但用文字体现在各姓氏的谱牒中，也用文字体现当今的乡规民约上，更有甚者，当地以此为题进行挖掘整理，郑重其事地在耕读园的中心地带，建立了一个"耕读民俗展示中心"，人们可以在这个中心里，感受到这里耕读文化的博大精深和无穷魅力。劝学，在这里也是蔚然成风，同样形成了一种约定俗成的民俗。这里的农家，大多堂屋里挂有《劝学篇》的条幅，居室里贴着"学而时习之"之类的书法作品。有的农家有婚寿、升学等喜庆之事，必请戏班演戏助兴，而所演之戏，必定有《三娘教子》等劝儿苦读的戏。

近年，耕读园里开发了一条长达十里的"耕读走廊"。这条走廊，并非颐和园中的那种雕梁画栋的长廊，而是一条以耕读为题，将自然村落连缀起来，供人们品味、休闲的观光带。在这条观光带的村落里，你如果想体验这里的耕读民俗、劝学民俗、农耕民俗、渔猎民俗，都可以到村落里的农家去餐饮、观摩、采摘、垂钓和住宿。因此，"耕读走廊"里有很多诸如"耕读民宿""劝学民宿""垂钓民宿"和"水车园"之类的牌匾。看到这样的牌匾，人们千万不要以为"宿"写别了，而是你已经到了想要到的地方。

第二章　滨湖水网

很早的时候，洞庭湖地区由河网切割的平原演变成浩瀚的大湖。后来，因为湘、资、沅、澧四水和长江四口水体中的泥沙注入，泥沙在湖底沉淀抬升，使浩瀚的大湖出现大面积的洲土。鱼花港一带就是由洞庭湖南汊演变而成的洲土。这洲土还多多少少地保留着湖盆地貌，如被洲土分割的湖与塘，以及连接这些小湖泊的沟与溪。因此，具有滨湖水网地貌特征的鱼花港，以其水乡特色闻名于世。

团头湖

在鱼花港的南端，有一个长沙地区最大的湖泊，这就是团头湖。团头湖西南面是宁乡县低山丘陵，西北连益阳县七里湖，东南两方是长沙市望城区的靖港镇，东北面是乔口镇。其湖面呈龙角状向四周伸出，总水面达 10031 亩。

团头湖内分八湖，分别是团湖、孙家湖、仰天湖、六岔湖、月子湖、婚姻湖、泉川湖和杉木湖。这八个湖的名字都有其来历。据传，婚姻湖就是在早年周杨两姓联姻而得名的。周姓住在团头湖西南面的左家山，杨姓住在东北面的龙王嘴，两姓都很富有，于是在办喜事时发生了比富的场面。周姓从家门口到湖边的三里长的路上，全用麻石铺路，杨姓则从家门口到湖边的四里长的路上，全用彩绸饰路。周姓的送亲队伍从团头湖中摆渡而来，杨姓接亲的船队则到湖中相接。当时，湖中彩船首尾相接，清脆悠扬的鼓乐轻音、五彩缤纷的轿衣旗帜，庄重热闹的喜庆气氛，构成一幅有声有色的婚典画面，引得沿岸的人们争相观看。此后人们不约而同地称那湖面为婚姻湖。八大湖中，最西头湖面呈半月形包抄，因名团湖。团湖水面为最广阔，所有呈角状水面基本都从团湖伸出，形成巨龙之头形状，故整体湖名曰团头湖。

团头湖中有十个名为洲的小岛，每个小岛都有神奇的名字和传说。如紧临鱼花港龙王嘴的"玉兔望月"，其形如一兔子向西蹲着之状。据说这蹲着的兔子是后羿之妻嫦娥飞上月宫之时带去的，是为玉兔。一天，玉兔乘主人睡着了，便偷偷溜出月宫下凡来了。这一下来，恰好落在一片广阔的水域之中，这广阔的水域就是团头湖，团头湖里倒映着广袤无际的天空，倒映着星星和月亮，一条又一条鱼儿有湖中自由自在地游动。玉兔看了心里好不喜欢，便一个猛子扎入水中，去追赶那些鱼儿去了。追来追去，玉兔总是追不到那些鱼儿，待它从水中露出头来看时，只见红日东升，霞光万道。早已过了进入月宫的时间，玉兔急了，但心里还是知道，此时月亮已到了西方，于是便向西跑去，可是跑着跑着，四只脚不听使唤了，气也接不上了，它只好在那湖湾中休息。这一休息，玉兔再也不能动了，就这样留在了团头湖，成为湖中一个名为"玉兔望月"的小洲。除此以外，还有诸如游鱼抢泡洲、长洲、驴卵洲等，都有很有趣的传说故事。

团头湖沿岸有四十八嘴，其名字也很古怪，诸如美女晒羞嘴、烈马回头嘴、象鼻嘴等，古怪的名字包含着古怪的传说故事，几天几夜也说不完。

早在四千多年以前，团头湖沿岸就有人类居住。在龙须嘴、鸦公山、庙嘴上等湖边台地上，共有 16 处先民生活的遗址，15 处窑址，总面积达 20 万平方米。这些遗址，延续时间长，文化层内涵丰富，出土有大量的磨制石器和陶器。石器有石斧、石锛、石镰、石凿等，制作较为精致；陶器有双耳彩陶罐、折沿筒腹圆陶釜、亚腰小平底双耳陶釜、侈口圈足陶碗和鼎、豆柄等器物。其质地以夹砂红陶和夹砂灰陶为主。纹饰十分丰富，分戳印和彩绘两大类。水波、圆圈、雨线、人字、山峰，以及各种几何图案，无不折射先人们的智慧。从这些文物佐证，早在史前若干年，先民们在此筚路蓝缕，开拓这片土地。"芳林新叶催残叶，流水前波让后波。"经过数千年的演变，团头湖成了吞纳三百平方公里自然积水，滋养沿湖数万人民休养生息的母亲湖。

一百多年前，团头湖有水道与柳林江、资江和湘江相通。来自新化、安化和益阳的"毛板船"，来自靖港、长沙的倒扒子船，可通过水道进入团头湖，把竹木、桐油、煤炭等山地出产货物送到沿岸码头，把布匹、油盐、百货等日用品送到沿岸码头，又把本地出产的谷米、鱼虾、莲藕等货物带出送到外埠的口岸。出出进进的各色船只，在湖中来往；南腔北调的话语，在湖中交谈；东成西就的交易，在湖边进行。这些，使团头湖成了一个繁忙的水上世界。

团头湖盛产鲜鱼。青鱼、草鱼、鲤鱼、鲩鱼、黄鸭叫等，都是味道特别鲜美的佐餐好菜。早年，四面八方来此捕鱼的人络绎不绝。每逢清晨，沿岸人们听到的不但有此起彼伏的撒网声，也能听到此起彼落的渔歌：

团头湖上早风凉，

> 凉风催我打鱼忙。
> 一网打过龙王嘴，
> 打只鲤鱼扁担长，
> 换回银子养婆娘。

这边的渔歌刚落，那边的渔歌又起：

> 团头湖上早风凉，
> 凉风吹老少年郎。
> 窈窕淑女不敢想，
> 黄脸婆姨不拜堂，
> 一根光棍度时光。

　　尽管团头湖赋予人们很多很多，但在那漫长的年代里，沿岸人们生活是艰辛的，来此捕鱼的人们的生活也是艰辛的。这主要是因为团头湖与外河相通，因此团头湖的水，在给人们带来收获的同时，也给人们带来灾难，随着外河水涨，湖水也随之上涨，上涨的湖水淹没农田，淹没家园，成为人们心腹之患。清末，由地方有识之士发起，在团头湖与七里湖、闸坝湖相连之处筑堤，在马转坳建闸，以节制外河之水倒灌。二十世纪七十年代中，开通烂泥湖撇洪河，柳林江改道，扩建马转坳闸。二十一世纪初，政府投资近亿，全面加高加固团头湖堤，改扩建沿岸管闸，并沿湖植树。从此，团头湖水患彻底解除。

　　现在的团头湖，是一片清澄浩渺的水面，水面被绿色围绕着，绿色又被秀美田园围绕着。如果从湖的上空看，这是一幅硕大的美不胜收的画图，这画图边的鱼花港，就像是一方出自篆刻大师之手的印章。如果在游船上置身湖中，近处，看到的是飞禽拍浪，看到的是鱼翔湖底，看到的是蓝天白云在湖中荡漾；远处，看到的是姹紫嫣红，看到的是水天一色，看到的是一派祥和景象。

柳林江

现在的烂泥湖撇洪河，全长 45 公里，流域面积 710 平方公里。它发源于益阳县笔架山，经益阳侍郎桥、宁乡朱良桥，在马转坳进入望城，绕鱼花港，进入乔口古镇后注入湘江。这条河流是由柳林江改道而成的。

早年的柳林江，全长有一百多公里，这在众多大江大河中，可能是很不起眼的小字辈。然而这小字辈并不寻常，且有其与众不同的特点。柳林江水系复杂。早年的柳林江上段也是从益阳东流，先后纳泉交河水、侍郎桥水和朱良桥水，进而串七里湖、闸坝湖和团头湖，再并流，至水矶口后，一分为二，一支东流，于乔口入湘江，一支继续北流，入烂泥湖，经茶壶潭、乔江口后向西流入毛角口河入资江。这种纳三水、串四湖、分二支、连两江的水系，是很少见的。柳林江风景优美。这一蜿蜒在洞庭平原上的江流，所经之处，既有水国风光，又有田园风光。由泥沙沉淀而成的洲土，质地肥沃，适于水稻、油菜等作物生长，也适于野菊、野兰、野梅的生长，水体中则适于莲荷、红菱等水生作物的生长。因此，沿江两岸，春季有色泽金黄的油菜花，夏季有红白相间的荷花，秋季有蓝黄混杂的野菊花，冬季有凌霜傲雪的野梅花。在临近江流的岸边，不栽自生、不培自长的垂柳亭亭玉立、夹岸成林。垂柳倒映江流，江流摇荡垂柳，使得柳林江更加妩媚多姿，柳林江因此有了这诗一样的名字。柳林江是重要的航道。在以水运为主的年代里，新化、安化、益阳的木船，要频繁往来省城长沙，长沙的商船也频繁往来这三县。按照通常的路线，是从资江进入洞庭湖，在湖中绕磊石山再进入湘江，然后溯江而上，到达长沙。这条航道中，磊石山好比三角形的直角上，绕道直角，航程相对远了。后来，人们发现，从资江进入毛角口河，再进入柳林江，沿柳林江过乔江口、茶壶潭和烂泥湖，在水矶口东拐，进入柳林江下段乔江，于乔口进入湘江，然后，溯江到长沙。这条航道，柳林江好比直角三角形的弦，把航程大大缩短了。因此柳林江成了一条繁忙的水道。

处在这条繁忙水道拐点上的鱼花港，见证了昔日柳林江中的帆影，目睹过远方客人和梅山神明的风采。在鱼花港的最西头，有一个地名叫"新安益"。新安益是当年新化、安化、益阳船帮设在这里的会馆即办事处。那时，这三县的船只和竹木排，从资江顺流而下，进入柳林江，他们感到目的地快到了，心里轻松起来，便一边摇着桨一边唱起了船歌：

> 船奔乔口好地方，
> 大红灯笼挂檐房。
> 茶楼酒肆望眼过，
> 姨婆招手嫩肉香。

这边船歌刚落音，那边船上的老板马上以歌进行训斥：

> 黄板好困要顺风，
> 姨婆好困要精神。
> 对风摇桨要用劲，
> 江湖行走要小心。

他们边唱边走，即将到达乔口之际，船主和排客便在这里停了下来，上岸去乔口打听"行情"，如果乔口的码头宽松，便回来将船排驶往乔口；如果码头拥挤或行情不好，船和排就会改道进入团头湖等水域，进行分散交易。久之，他们在这里建起了房屋，作为接待站。在接待站里，他们按照梅山一带的习惯供奉着来自山里的水上保护神，这保护神名叫张五郎。奇怪的是，这张五郎神像是双手着地，双脚朝天。据说张五郎是梅山上张老汉家一个巨大的南瓜孕育而生，后十二岁出门学法，在峨眉山遇到太上老君的女儿，名叫急急，两人相好，太上老君教给了他很多本事。出师后，张五郎自恃本领高强，便有些忘乎所以。急急看在眼里，也不作声。一天，张五郎驾云行走时，为了显示本领，便翻起了跟头。急急使了定身之法，让张五郎翻起后再也不能直立，从此用手走路。但张五郎法力未减，回到梅山后，为人除妖灭怪，从此成为梅山神圣。他曾多次在资江和柳林江之中救起翻船落水之人，因此，新安益会馆里供奉着张五郎倒立的神像。

在鱼花港的记忆中，发生在柳林江的古代战事仍很清晰。五代后周广顺二年（952年），也就是南唐保大十年，南唐小朝廷还占有潭州、衡州等地，时食南唐俸禄的朗州节度使刘言和指挥使孙朗相继背离南唐谋反，先后夜焚长沙城并毁武安节度使边镐在长沙城内的住宅。边镐出兵反击，孙朗等败回朗州，刘言降后周为大将。不久，刘言"以其年冬十月三日，与其节度副使王进逵、行军司马何敬真、都指挥使周行逢等，同领舟师袭潭州，九日，攻下益阳，杀淮军数千人。"（《二十五史·周书·世袭列传》）王进逵率舟师主力南上，从资江毛角口河进入柳林江。一时，柳林江上帆影蔽天，刀枪林立。逶迤的战船编队到达水矶口后，驰援驻防在乔口的边镐军队仓促出战。王进逵先头军队水陆夹攻，处于劣势的边镐军队犹如以卵击石，一个个被王军斩杀。柳林江里，尸塞江流，血凝如冻。边镐闻讯出逃，南唐随之被灭。一场水战使得柳林江在军事上地位显现出来，此后历朝，柳林江成为兵家必争之地，也成为平时朝廷军队驻防之地。后周灭南唐后，即在乔口设立巡检司。巡检司有巡河、扼控要塞之责，有巡检一人，兵士数十人。直到明朝时，柳林江乔口巡检司仍沿袭旧制，且增加了驻防人数。清朝时，柳林江防务体制有所加强，"国朝设长沙协镇，多处派兵立'塘'。"（清康熙《长沙县志》）康熙五年（1667年），朝廷设立"柳林江水矶口塘"。"塘"又称塘报或塘讯，是专事紧急军事情报和维护地方治安的防务单位。每个"塘"，有快船一艘，兵士十数人。可以想见，当年的水矶口，军事地位是何等的重要，当年的柳林江，战略地位是何等的重要！

1975年柳林江改道成烂泥湖撇洪河后，受两江制约的水患彻底解除了，新的柳林江造福于人们；柳林江中段故道犹存，水矶口分流处犹存，下段经茶壶潭至毛角口河道犹存，昔日的柳林江，现在仍然轮廓依稀，水脉依旧，风景依然。所有这些，都长久地定格在人们美好的记忆里。

南　湖

南湖是鱼花港芙蓉园内最大的湖泊，面积达 1200 余亩，其形状似盛开的莲花，因之是构成芙蓉园的主体。

南湖的得名有一个惊心动魄的传说故事。明洪武初期，这里尚是无有业主、无人管理的荒野水面，船舶可以随意进出，渔民可以任意捕捞，湖匪也可以无法无天地横行。居住在湖畔的杨、任、周等姓族人，经常受到湖匪的滋扰。杨姓族人中有个叫杨南厚的，后世人称其为杨公老祖，家境非常殷实。为了保家护业，杨公老祖到茅山学法三年，学成下山后，发誓要将这荒野湖泊整肃一番。是时，周姓族中也有个叫周达的富户，族中称莲公老祖，曾在煤山学法，也想将这荒野湖泊据为家业，然后进行经营。双方都各自暗中准备着。一天晚上，一股湖匪上岸打家劫舍，将杨周两族多家抢得精光。正当湖匪们将抢来的家什装船准备回到匪窝时，杨公老祖闻讯带人赶到了湖边，莲公老祖也闻讯带人赶到了湖边。黑暗中一场恶战展开，湖匪们哪里是杨公老祖和莲公老祖这一方的对手，几个回合下来，湖匪们死的死、伤的伤，不死不伤的落荒逃命。可杨、莲二老祖的人在黑暗中分不清湖匪与自己人，仍在一个劲地厮杀，这场厮杀，持续到东方发白，朦胧中双方看出对方面目，方才收手。此时双方都有些疲劳，便都坐在湖边休息。在休息中，两姓族人都纷纷议论，要两姓来共管这片荒湖。可莲公老祖说，要么就由一姓来管，两姓来管不得同心。杨公老祖说，只要一姓管是可以的，那又该由哪一姓来管呢？莲公老祖不作声了，只是默默地抽旱烟。这时，一个长脚汉子大声说：早就听说杨公老祖和莲公老祖在茅山和煤山学法，不如就在此比试一番，赢了的管湖，要得不？众人齐声附和。杨公老祖和莲公老祖也不谦让，两人合计一番后，决定比"轻功过湖"。轻功过湖就是不用划船而人从湖上走过去，众人听了都觉得不可思议，都认为不可能有这种事。特别是一个周姓的人，背地里拉着莲公老祖的袖子，小声说：这个使不得，比别的吧。莲公老祖似乎成竹在胸，回头对这周姓人说：放心吧，我师父传过这一手。这时杨公老祖已从湖匪抢来的什物中选了一把纸伞，口中念念有词。莲公老祖见状，哪肯示弱，顺手也在什物中拿起一个箕斗盘，也开始念动轻功咒。这时，杨公老祖已经念咒完毕，将纸伞撑开，抬脚就往湖中走去。莲公老祖也将斗盘戴在头上，向湖中走去。众人看着这两人都走到了湖的中间，眼看不分先后。然而就在这时，一阵北风刮起，将莲公老祖头上的斗盘刮到半天云中，而杨公老祖手中的伞还稳稳地抓着。莲公老祖失去赖以托载的斗盘，心里不免一惊，顿时轻功大减，眼看就要落入湖水之中。正举伞在湖面上行走的杨公老祖回头一看，莲公老祖头上的斗盘没有了，双脚已经浸入湖水中，如不相救，不但莲公老祖的轻功将被废尽，而且性命难保。杨公老祖心想，当年在茅山学法时，师父多次告诫"学法德为先"，现在莲公老祖遇险，如不相救，就是有法而无德！想到这里，即将到达湖对岸的杨公老祖回转身来，将已经半个身子没入湖水中的莲公老祖拉起，并自己再次念动轻功咒，硬是用强轻功将莲公老祖拽回原地。这一切，众人看得真切，深为敬佩杨公老祖。莲公老祖更是百感交集，惊魂甫定之后，他诚恳地对众人说：从今天起，这湖由杨公老祖管辖；还有，为感谢杨公老祖相救之恩，此后周家世代派人为杨家祠堂伺候香火。此后，这荒野湖面就理所当然由杨公老祖管理了。在杨公老祖管理下，湖匪们再也不敢来这片荒湖面作恶了。后来，人们为了感恩杨公老祖管湖得力，便将这片荒湖冠上杨公老祖的名字，称为"南厚湖"。到了后世，人们省去了"厚"字，直接称南湖了。到了再后来，杨公老祖的后人相继搬出南湖一带，而在南湖一带的汪姓发达了，接管了南湖，并将其分成几大块由各房嗣裔所有。只是南湖的名字一直未变。

　　早年的南湖与连接湘资两江的柳林江相通，故这里曾经大小船舶来往穿梭，竹木长排络绎不绝。因此，在南湖周边经营生意的人多了起来。在南湖北汊，有一专门停放木排的港湾，人称木排港。在木排港对面，一字排开几十间屋，都是做木器的木坊，人称木铺嘴。在木铺嘴以南，还有小卖小买的店铺。可当时的南湖受柳林江和外湖水位制约，时常涨水淹没店铺和农田。清嘉庆年间，众姓联合治理南湖，在南湖北侧，修建了十里长堤，并建成可通小船泊的大闸——南湖闸。南湖闸为两孔拱形闸，宽四尺二寸，高五尺，闸洞长二十六丈，闸底、闸墙和闸顶全部为麻石砌就。南湖闸是湖南境内建设最早、规模最大的江湖节制闸，当时号称湖南第一闸。直到两百多年后的现在，南湖闸还在发挥着节制和调蓄湖水的作用。到了二十世纪六七十年代，南湖的中汊被围挽成两片水域，上片为中湖，下片为青年湖；二十世纪七十年代中，南湖周边的南湖、丰兴、湛湖和南坪四个大队，利用湖滩造田，围挽南湖水面近 600 亩，所余湖面为乔口镇属渔场。二十世纪九十年代后，乔口镇属渔场在南湖中遍植莲藕。从此，每年春、夏、秋三季，这里五彩缤纷；冬天，这里又是人们捕鱼的好地方。

　　近年，沉寂多年的南湖热闹起来。挖掘机和推土机隆隆的引擎声，拖运建筑材料车辆的喇叭声，碎石砌墙的敲打声，在这里汇聚成一支雄浑的交响曲；施工人员红色的安全帽，新砌起来银灰色的护岸墙，沿湖新植的绿色行道树，在这里拼写成一幅多彩的水彩画。昔日南湖中汊里的中湖，建起了一个占面积 60 亩的白鹭岛。岛上，高大的香樟遮天蔽日，成群的白鹭此起彼落，隐秘的观鹭木台在远处耸立。当年被围挽的青年湖，建起一个占地面积 100 亩的钓鱼岛。岛上，楼台亭阁错落有致，花圃草坪穿插其间，五颜六色的钓台临水点缀。南湖的腹心地带，建起了一个占地 300 亩的桃花岛。桃花岛上，2000 多株桃树已经成林，每逢早春，这里便是粉色的花海。花海中，花岛木屋里飞出甜美的旋律，水上农庄里散发出诱人的清香，花岛露营地里呈现出原汁原味的野趣，戏水鱼池里跳动着欢快的说笑。在蜿蜒曲折的南湖湖岸，建起了一条长达十里的环湖游道。如果你沿着游道，从南向北漫步，右侧是姹紫嫣红的桃花岛，左侧是碧波荡漾的南湖水，花海映在湖水中，湖水摇曳着花海，水中花海又与蓝天和白云交织在一起，这是一幅何等美妙的南湖镜花图呀！

天井湖

天井湖在鱼花港的北侧，其形呈长带状，面积 920 余亩。

天井湖的成因与柳林江有着密切的关系。早年，天井湖与荷叶湖相通，其水域与柳林江并列由东向西伸展，全长约 4 公里，北为荷时湖，南为天井湖。这里早年是柳林江故道，与南面的小泊湖、大泊湖连成一线。后来，柳林江水道北移，其故道分割成湖泊，这就是天井湖和荷叶湖。再后来，荷叶湖湖盆抬升，成为农田，天井湖因其特殊的水下地貌而存在。

天井湖的得名与其水下地貌有直接的关系。据传很早时，人们称天井湖为长湖。据清同治《长沙县志》载：清乾隆十年（1745 年），"长沙、善化大旱，池塘尽涸，溪涧断流。"其时，柳林江也与其他地方的溪港一样，来水渐断，河床见底。乔口一带有打醮求雨的习惯，因此在水口庙、向公庙、永兴殿等处，都先后举行大法会打醮求雨。长湖边的顺风山关帝庙也积极准备着打醮法会。而居住在沿长湖两岸的苏姓、陈姓农家，一面指望着打醮求得雨来，一面则争相在长湖车水荫田。沿湖几百台水车，不分日夜从湖中取水。不几天，湖水日渐减少，可水车数量还在不断增加，人们为争抢到为数不多的水源，不敢有丝毫懈怠，却也不乏相顾他人之心。大家先是用"丈二筒子"车水，水位下降后改用"丈八筒子"，并采取歇人不歇车的办法，车起了"线水"。就这样，长湖北段干得见底了，长湖南段也只剩湖中一小块水面。苏姓人多，经族中商议，与陈姓族人联合起来，在长湖分级提水。即在长湖底部安装水车，将水提到湖边的临时水池中，再用"丈八筒子"车到岸上水沟之中。所车上来的水不分彼此，由两姓族尊统一分配。这样一来，苏、陈二姓人所有田里的禾苗得以存活下来。令人奇怪的是，苏、陈二姓在长湖中二级提水达一个月之久，长湖南段那一小块水面始终没有被车干见底，人们惊诧之余，觉得这是神明保佑。而此时，每天仍是烈日当头，南风劲刮。苏、陈二姓族人认为，既然神明已经在保佑黎民，黎民就不要怠慢了神明，打醮求雨必不可少。于是，在七月十五那天，在顺风山关帝庙举行了大规模的法会。法会过后，人们继续日夜不停地车水。苏姓族中有个名叫苏启瑞的读书人，此人不但有文才，而且精于解读《易经》。苏启瑞看到长湖经历这样久的干旱仍然是不干也不溢，心里总是想着其中的原因，也曾几次到顺风山关帝庙里去与庙祝们讨论。这天他来到顺风山关帝庙，庙祝刘子成正在书房写字，当苏启瑞进门时，刘子成正好写"师者，传道授业解惑也"中的第一个字，即"师"字，苏启瑞一看，顿时把多日不解的答案找到了！高兴之余，他有些没头没脑地对刘子成说：先生，我明白了。刘子成问：你明白何来？苏启瑞说：我终于明白长湖为何久旱不涸的原因了。刘子成问：何以见得？苏启瑞说：先生正在写一个师字，在《易》卦里，师卦上坤下坎，为地水师，《象》曰，地中有水。这长湖为何久旱不涸，就是因为地中有水，湖底下有天然之泉井！苏启瑞兴犹未竟尽，就着刘子成的纸笔作诗一首，诗曰：

> 先生一字灌醍醐，后学疑团从此无。
> 但见湖中流不涸，天然泉井济盈枯。

此诗后来传遍苏、陈等姓广大族众中。大家不但佩服苏启瑞的文才，更佩服苏启瑞的见识。此后，大家不约而同地将天然泉井作为长湖的名字，简而称之为天井湖了。而天井湖的北段因为湖底抬升，成为水丰时是湖，水枯时是沼泽地，后来这沼泽地中湖藕丛生，荷叶田田，人们便称之为荷叶湖。

天井湖除了有源源不竭的水源滋润周边的农田外，还盛产鲜鱼。由于天井湖水源除了地面来水之外，地下来水也很丰富，因此，这里水质洁净，适于石螺、蚌类的生长。石螺、蚌类是肉食性鱼类的天然饲料。青鱼是肉食性鱼类，故这里的青鱼产量特别高。由于有天然泉井的缘故，天井湖从来没有彻底干涸的记录，这就为鱼类繁衍和持续生长提供了有利的条件，因此其湖中经常有一百多斤一条的青鱼被捕捞上来。据传民国三十三年（1944年）乔口沦陷期间，几个日本鬼子到天井湖一带"打闹"，在回营的路上经过天井湖，为头的鬼子先是将一颗手榴弹丢入湖中，手榴弹爆炸后，湖水很快恢复平静。看到没有动静，那鬼子便脱光衣服，下湖嬉戏。可刚下水，就被一个不明的庞然大物撞得哇哇直叫，只得连忙上岸落荒而去。第二天，有人在湖边捡到一条一百三十斤重的青鱼。人们估计，是鬼子手榴弹炸伤了青鱼，青鱼在挣扎中撞上了日本鬼子。

二十世纪六十年代，天井湖成为国营乔口渔场的养殖基地。在乔口渔都的建设中，天井湖水系得到全面整治。近年，乔口建设鱼花港美丽乡村示范片，天井湖作为鱼花港的景区，成为人们泛舟游览的好去处。

盘龙塘

盘龙塘地处鱼花港东头，其形长而盘绕，恰似一条绕柱之龙，故得此名。现存面积约 100 亩。

盘龙塘是柳林江改道而形成的。很早以前，柳林江有一条小支流，名曰盘龙江，盘龙江所经过的地方，是现在的长鸭垅、姑塘和荷叶湖等地。在漫长的泥沙沉淀中，盘龙江渐趋萎缩。其上段因流量小，加上丛生的杂草年复一年地粘附泥土，狭窄的河床不断被挤压填埋，因此很早就失去排水功能，成为人们的耕地。其下段在柳林江的多次泛滥中，洪水所挟带的泥沙不断地抬升河床，使这段盘龙江与荷叶湖一道，成为洲土。一路摇头摆尾流入柳林江的盘龙江，就这样两头淤塞，仅剩中间一段。中间这段江流因为水深，且河底有地下水涌出，所以一直保留下来，这就是今天的盘龙塘。

早年的盘龙江有船帆来往，沿岸也些小店铺。据传，在现在的盘龙塘东边，有一座水仙祠，水仙祠里有一位女神灵，人称水仙祠主。水仙祠主不但灵佑一方，而且文才很好。一天，有一个姓揭的布衣先生，在游历江湖时泊舟在水仙祠边。当晚二更时分，他看见有一小舟靠近，船头上坐着一个素妆女子，很美丽。揭先生问那女子：你是哪里人？那女子回答说：我是商人之妇，丈夫久出不归，听说揭先生来了，特来相见。揭先生便与那女子攀谈起来，可那女子说的都是世外的一些捉摸不定之事。揭先生很诧异。子时鸡叫了，那女子恋恋不舍地说：你是一个正人君子，很快就会大富大贵。那女子说完还留下一首诗：

盘龙江上是奴家，郎若闲时来吃茶。

黄土筑墙茅盖屋，门前一树紫荆花。

天亮以后，揭先生到店铺里去打酒，看到了诗中写的所在：黄土墙、茅盖屋。再向店家打听，才知道那就水仙祠。揭先生这才知道，自己遇到神仙了。后来，揭先生果然高中皇榜，成为一方父母官。八仙中的吕洞宾听到这个故事之后，也来过水仙祠。据说八仙在瑶池宴上都喝醉了，在一同返还南海时，来到水仙祠。水仙祠主以好茶相待，吕洞宾喝茶后，提出要与水仙祠主下棋。几局下来，都是吕洞宾大败。正在有些不好意思之时，他看到墙上有一轴卷，上有毛滂的《诉衷情》词：

> 花荫柳影映帘栊，罗幕乡重重。
>
> 行云自随语燕，回雪趁惊鸿。
>
> 银宇歇，玉杯空，蕙烟中。
>
> 桃花髻暖，杏叶眉弯，一片春风。

称赞之余，看到漂亮的水仙祠主，吕洞宾色情又一次上涌，便提出要与其切磋诗词。于是自己首先摇头晃脑，吟道：

> 朝游北越暮苍梧，袖内青蛇胆气粗。
>
> 三醉岳阳人不识，朗吟飞过洞庭湖。

水仙祠主知道吕洞宾醉了酒，也不好拒绝，只好随口吟道：

> 瑶池宴罢下盘龙，八洞仙临瑞气升。
>
> 水国小祠无佳酿，紫荆花放也怡情。

吕洞宾听了，哈哈一笑说：好一个"水国小祠无佳酿"，我这里已是酒不醉人人自醉了。说完，走上前去正欲摸水仙祠主的素手，谁知此时南边天上三通鼓响，水仙祠主早已端坐在神龛之内。吕洞宾回头一看，同来的七位神仙早已不知去向。意犹未尽的他，只好匆匆而去。

盘龙塘不但有美丽的传说，而且出产鲜美的鱼类。正是因为有这些特色，这里稍经打点，就已成为一个理想的休闲地。现在来到盘龙塘，人们看到的是，弯曲的塘岸边，垂柳依依；垂柳的阴影下，花草济济；花草的映衬里，亭阁连连；亭阁的彩绘中，游龙走凤。绿树、红楼、流云、飞鸟影映于塘中，芳姿倩影结对成双徜徉于塘畔，这真是一幅出自名家之手的大型画卷！

鲜鱼塘

鲜鱼塘位于柳林江的西岸，在鱼花港的最西头，其形长而弯曲呈月牙状，面积约 800 亩，地处长沙市望城区乔口镇插在益阳境内的一块飞地之中。

这里同样是洞庭湖南汊一部分，六百多年前，益阳四合大垸修筑完成，使得这一带的湖面分割成为七里湖、闸坝湖和团头湖，各湖之间，水道相通，同时涨落。时居住在七里湖边的众姓在没有堤防拱卫的敞围子里耕种，其禾苗时常受湖水淹没，这与已成大垸的四合垸形成天壤之别。于是众姓联合，在四合垸旁再围湖成垸，名曰方青垸。方青垸内稍高的洲滩都成了永业之田，而低洼的水面继续保留，鲜鱼塘就是被保留的低洼水面。

鲜鱼塘的得名与其具有的四个奇特之处有关。其第一个奇特之处，是塘中有四十八口泉井，每个井眼都源源不断地向上冒水，特别是冬天，所冒出的水是热的，热水冒出地面后，遇到冷空气，便形成白色的雾柱，雾柱高达一丈之多。一方 800 亩的水域，有四十八根白色雾柱冲出，当然是奇特的。其第二个奇特之处，是不管春夏秋冬，任天多久不雨，任人用多少架水车提水，鲜鱼塘里的水总是满满的。人们说，这四十八口泉井直通阴河，阴河直通资水。其第三个奇特之处，是鲜鱼塘中只生长一种黑色的丝草，这黑丝草叶子嫩嫩的，黑黑的，一年四季生生不息。人们站在塘边，根本看不到水，只有墨绿的丝草，宛如一块硕大的、天工雕琢而成碧玉。第四个奇特之处，是塘中不长别的鱼，只长鲫鱼。鲫鱼吃了塘中黑丝草结的籽，长得又肥又大，且那鱼鳞也都是长成黑黑的色彩，因此人们都叫这种鲫鱼为"黑背胸"鲫鱼。"黑背胸"鲫鱼鲜嫩可口，非常好吃，因产自此塘之中，时塘无以为名，人们便共称其为鲜鱼塘。

鲜鱼塘里的鲫鱼不但是当地人佐餐的好菜，也是市面上的抢手货，还曾是进献给皇帝的贡品。据传，方青垸修成不久，一个叫史斌明的益阳商人便来此落户，后经营鲜鱼塘里的鲫鱼发了大财。发财后的史斌明广置田庄，方青围的楠竹山一带农田，都成了他的家产，人称史家垅。史斌明八十二岁时的一天，偶感身体不适，便亲自写下家训：所传嗣裔，长子执业掌家，其余诸子读书。以此传之，家则兴矣。史家后代笃行其家训，把读书作为兴家之本，代代都有出类拔萃的读书人。史家第四代有三个儿子，大儿子史鹏程继承祖业，把渔生意做到了长沙、汉口等大口岸；二儿子和三儿子在自家的学馆里就读。其中二儿子史鹏举十五岁开始先后参加童试、府试和院试，十八岁在乡试中解元，二十岁在会试中得中会元。时湖南茶陵人李东阳在朝为孝宗阁臣，史鹏举拜李东阳为恩师，不久中进士。是时，明孝宗皇帝用人唯贤，开创了明代的中兴盛世。孝宗不好酒色，生活简便，一日三餐以清淡素食为主，唯一喜欢的荤菜就是鱼，而且以腊鱼为最。而史鹏举此时入阁不久，有时间写些文章。这天他写了一篇题为《鲜鱼塘记》的文章，送给李东阳看，李东阳又将其送时任大明会典总裁的徐溥看。两人看后都大加赞赏，便将其附在奏折中，上呈皇帝御览。孝宗皇帝看了之后，在朝议之后对《鲜鱼塘记》大为赞赏。李东阳何等老谋，知道皇帝的喜好，便在下朝之后告史鹏举，速选鲜鱼塘里的上等鲫鱼进贡皇宫。史鹏举深感事情重大，连夜向家里修书。史家接到来自京城的信，立即全家出动，选出一百条长四寸、重约十两的鲜活鲫鱼，剖洗敷盐之后进行晾晒，至半干时，将鱼倒挂，以干黄花、甘兰菊、老糠和少量的米投入烟钵，进行熏制，且反复多次。这样那青背鲫鱼体内的油汁，随着文火余温往下渗透，聚于鱼头，因之那鱼头吃起来油、香、脆、酥，因被人们称为"狮子头"。那鲫鱼熏好后，外部色泽金黄，内部肉质红润，吃起来鲜嫩可口而芳香四溢。一切操持完毕后，史家择吉日焚起香烛，告慰祖先，遥拜皇上，感恩天地。然后由史鹏程带着一个贴心家人，用一担罩皮箩担着熏好的鲫鱼，踏上了上京进贡的路程。

　　随着时间的推移，鲜鱼塘面积有所减少。近年，鲜鱼塘周边修起了四通八达的公路，偏居一隅的鲜鱼塘边，人流多了起来，车流也多了起来。但是，鲜鱼塘仍然保持着早年的生态，其四个奇特之处始终没有改变。这里，远离城市，远离喧哗，远离污染。喜欢垂钓的人们来到这里，可以选一处丝草稀疏的地方，静心坐在软绵绵的草丛中，将钓垂入塘中，不到半个时辰，肯定就有丰厚的收获；喜欢踏青的人们来到这里，可以沿着弯曲的塘堤信步，在信步中享受着来自远方的清风，在远眺中感受着水乡的美景，在交谈中聆听陈年的故事；喜欢美食的人们来到这里，可以造访任何一户农家，在庭院的树下喝着喷香的芝麻豆子茶，在其菜园里采摘鲜嫩的蔬菜，在餐桌上品尝着土法蒸酿的谷酒和进贡的狮子头熏鲫鱼；喜欢民俗搜集的人们来到这里，可以坐在农家的堂屋里，与白发人追寻早年往事，与家庭主妇们交谈持家庭琐事，与青年人探讨人生大事。最终你将得出一个结论，地处两市县交会之地，其语言、其习俗、其经历多有不同之处……

姑 塘

姑塘地处鱼乐园中部，面积约 200 亩。姑塘与永佳湖一样，原来同为牌楼沟故道所经过的地方，在漫长的水流夹带泥沙的沉积中，它渐渐地独立成为一方水域，因其孤处一隅，因名孤塘。后有读书人觉得"孤"字不吉，遂在"孤"字上加草头，谓之菰塘，意为生长茭白之塘。

菰塘何以变成姑塘呢？这里有几个感人的故事。明洪武年间龙塘苏氏来此落业围垦开发，一个名叫苏佐山的看中孤塘一带有田有水，便在这里定居下来，占有菰塘全部和菰塘东、南、西三方土地。只有北方少量丘块为刘、陈二姓所有。因为有了菰塘，苏佐山家的几十石农田的水源保证有余，且塘中大量的水草和芦苇能作基肥，冬季干塘的鲜鱼自食有余还能变卖。苏佐山因此渐成一方富户。苏佐山是一个为人正直、绝顶聪明之人，深知"一个好汉三个帮，一道篱笆三个桩"的处世之道，深感自己虽然富有，就应帮衬左右乡邻。于是，每逢春季，他总是将菰塘的水收得满满的，以使四方农田都可以自流灌溉。那年六月，有个叫陈四侬的园木师傅，外出滩头围做工，家里因妻子不善管事，几个太阳下来几乎把陈家仅有的八斗丘晒干开坼。眼看陈家的禾苗就要枯死，苏佐山看在眼里，急在心里，于是，默不作声地挖开菰塘管闸，将塘中水灌至八斗丘，直至灌满为止。此后，他还经常告诉姓刘的农户，凡田里缺水，塘中水满时可以挖口子放，塘中水低时可以架水车车。自放自车，先做了再告之。与此同时，如无水车还可以随时到苏家借助。菰塘还养了很多鱼，每逢冬天，菰塘干了，苏佐山请陈、刘二姓的人下塘捉点鱼吃，家里没有人能下塘捉鱼的或孤寡残废户，苏佐山也要十斤、八斤的送上家门。长年累月的帮助和馈赠，使众多的乡邻无不感动。刘神老倌在北边作了三石多干木老壳田，家有五个儿子。由于多病，家里总是搞不出名堂来。苏佐山帮助他建起了一栋五间茅草房，还为其添置了耕牛农具。有年大旱期间，五十多天没有下雨，大多塘坝脱水，禾苗干死。周围几十里的只剩下菰塘之中还有几口水井。可在这时，苏佐山病了，刘神老倌看在眼里，急在心里，为了报答苏佐山，那天清早，他把五个儿子都叫了回来，连他自己一起，六个人同时坐上两张水车，自带干粮茶水为苏佐山田中灌水。两天两夜后塘干见底，禾苗救活了，这时，天老爷也下雨了。刘神老倌知恩图报的精神感动了苏佐山，是年腊月二十四日，他接刘神老倌的一家来苏家过小年，宴席中，苏佐山借着酒兴提出，苏刘两家结为秦晋之好，苏家将姑娘梦缘许配刘家的三子梦华，并以菰塘一半的水面作陪嫁之礼。从此以后，菰塘因苏家的姑娘与刘姓联姻而更名姑塘了。

菰塘更名为姑塘不久，这里就发生了一个有趣的故事。苏梦缘过门到刘家后，因其能提笔记账，还能写诗作文，因此在刘家当家掌业。梦缘的丈夫梦华长年在外经商，妻子梦缘很是思念。一日，梦缘提着一桶衣服和一篮青菜到姑塘边洗散，因为思念，免不了洗洗停停。这时，大路上一个骑马的青年男子从乔口而来，到姑塘南面的刘家会友。由于他从未来过姑塘，所以到了姑塘还不知到了什么地方。当他看到梦缘那漂亮的脸庞和若有所思的神情，便开口问起路来。只见他把鞭子一挥，大声喊道：嘿！嘿！这里到姑塘怎么走喽？梦缘埋头洗衣，虽然听见有人问路，但不知是问的哪个，于是没作回答。那骑马人连"嘿"了三次，梦缘仍不回答。那骑马的青年男子火了，便以诗调戏：

> 出门问路本寻常，
>
> 洗衣女子不开腔。
>
> 耳聋口哑都不是，
>
> 定是思春在想郎。

梦缘听了，愠怒之余，以诗回应道：

> 高头马上甩油腔，
>
> 嘿天嘿地嘿爹娘。

要知问路何方去？

站在姑塘问姑塘。

　　骑马的年轻人听了，才知已经到了姑塘。自知理亏，只好自认吃了这个哑巴亏，悻悻而去。

　　早年的姑塘清澈见底，垂柳护基，芦苇和各类水草遍布。龙塘苏氏于清雍正年间在姑塘北面建起了苏氏宗祠。"姑塘渔唱"是苏氏祠堂八景之一。苏氏族谱有云："祠前半里姑塘阔浚，前人谓苏氏姑塘渔歌互答，傍晚尤甚。"并有诗曰：

一声高唱蓼花洲，

云水苍茫动客愁。

无限烟波描两岸，

问君何处钓深秋。

　　现在的姑塘，可谓风景这边独好。塘中，波光荡漾，鱼戏其中；塘边，小亭玉立，钓者怡然；塘周的林荫道上，绿草如茵，百花盛放；塘畔的田园间，红楼鳞次栉比，人流络绎不绝。置身其间，世外桃源之感欣然而至，神清气爽之情油然而生；徜徉此间，热情村姑的笑声悦耳，姑塘故事的余韵犹存。若在姑塘里钓得一鲢或一鲤，去到一家红楼，请主人烹之，以酒佐之，那将是眼福之后的口福至矣。

牌楼沟

牌楼沟是一条由东向西贯穿鱼花港全境的溪流，它东起田心坪，经田心湾，纳清水塘之水继续西行，在花山岭之北进入永佳湖，过易公坝后，纳姑塘水，复为溪港，于陈家坝口进入南湖中汊，全长约5公里。

牌楼沟虽不很长，也没有流水奔腾的江河气势，但其作用十分重要。其流经的十多平方公里土地，都是一马平川，这平川的东侧，没有湖泊，没有其他沟港，其自然积水都集中流入牌沟中，继而由牌楼沟注入南湖。

牌楼沟原来并没有这个名字，住在沟南的人们称它为后面那条沟，住在沟北的人们称其为前面那条沟，据说是在经过了一个惊心动魄的故事之后，人们才叫它牌楼沟。早年，牌楼沟的东边有一座小佛寺，佛寺前有一座小牌楼，故人称其寺为牌楼寺。牌楼寺向北而立，门前有一株高大的樟树。寺里只有一个和尚，天天在佛前合十念经。一天晚上，这和尚做了一个梦，梦中有一白发老者说，我一直守护着西边这条溪流，这地方实在太小了，因此我明天一早就会离开此地。梦中的和尚不以为然，心想，你离开就离开吧，因此也就没有答话。可这时，白发老者说，我一早离开时不会惊动你，你也不要惊动我。和尚说，我从来就是在佛前念经，哪里会惊动你！老者说，可你喂了一只大雄鸡，从来不关进埘里，这不行，明天一早它会出来惊动我的。和尚说，那我就去把鸡关进茅房里，这可以吗？老者听和尚这样一说，放心地离开了和尚。可是和尚答应是答应了，翻了一个身，接着又睡着了。谁知，一个人做梦，如果不翻身，醒来后是能记得梦中的事情的，如果翻了身，梦中的事就一点都不记得了。那和尚因为翻了身，梦中白发老者说的事一点也不记得了。第二天，和尚起来得很早，经过佛堂时，看见佛堂一角有一条蚯蚓在蠕动，也没有在意。可就在这时，那雄鸡看见了。只见雄鸡一边跑，一边"咯，咯，咯"地叫着，说时迟那时快，雄鸡对着蚯蚓猛地就是一口啄去。这一下坏事了，只见一条巨龙冲天而起，巨龙摇头摆尾，龙尾将佛堂扫平，将牌楼扫倒，将那樟树扫得不见踪影，将和尚和鸡扫上半天云中。之后，巨龙回转头来，落入寺旁的沟中，在沟中连连打滚，直滚得带血的水花四溅，直滚得地动山摇，直滚得浊浪排空。然后巨龙乘着浊浪，冲出南湖，冲出柳林江，直奔洞庭而去。后来，人们发现，牌楼寺不见了，却在牌楼寺那地方出现了一个几百亩的湖泊。再后来，人们知道了来龙去脉，便将那湖泊取名永佳湖，意为永远佳好，不受灾难；将连通永佳湖的那条小溪沟称为牌楼沟，意在纪念已经消失了的牌楼寺。这个故事，当然很离奇，但住在这里的人们却深信不疑。因为在 1997 年的一天，这里有一个名叫刘爱人的人，在自家门前打井，打到 28 米的地底下，居然挖出一株完整的香樟树，那香樟树还散发着沁人心脾的芳香。消息传开，人们争相前去看个究竟。看完之后的结论是，这肯定是早年牌楼寺门前的那株樟树。

牌楼沟在岁月的长河中，默默地守护着这方土地。它短小，没有江河那种能量，因此不曾施展暴发洪水的淫威；它虽然短小，却很大方，不断将涓涓之流无私地浸润两岸的土地，使两岸的人们得以春种秋收。世事如烟，寒来暑往，牌楼沟也在随着时代的变迁而有所改变。清道光年间，当地苏、刘、邓、张、李五姓联合，在牌楼沟下段宽阔地带筑堤围挽，造田二百余亩，因而在牌楼沟边留下了一个"五家堤"的地名。清咸丰年间，人多势众的陈姓，在牌楼沟入南湖之处建成节制大坝，既锁湖水倒灌，又撞拦沟水灌田。清同治年间，富户杨天一在牌楼沟出永佳湖之口拦沟筑坝，是为"一公坝"。至此，牌楼沟下段出现了一沟两坝的局面。二十世纪七十年代，牌楼沟上段从田心湾到花山岭被裁弯截直，与从团头湖到顺风山的顺风渠呈十字交叉状。如今，牌楼沟里的水，像乳汁一样静静地流淌着；牌楼沟两岸的田垄，像打开的书页一样平铺着；牌楼沟一线的村庄，像星斗般排列着。一条从乔口到宁乡株良桥的公路，沿着牌楼沟南岸，由东向西伸展。公路两边的行道树与牌楼沟边老树枝叶相连，牌楼沟中的鱼群追逐着公路上行驶的车辆，车辆为当地运来的是货物，也是财富，更是观念。观念的改变，使这里的人们敢作敢为，使这里的村庄日新月异，使神奇的牌楼沟生机勃勃！

公主溪

在鱼花港西南，有一条小溪流，在当地很有名气。一是它是这里唯一一条向南流的水港。纵观鱼花港域内的溪港，大多是向西或向北流入南湖或柳林江，唯独这条溪流，起点在南湖边上的刘家坝，然后背着南湖一路弯弯曲曲，向南注入团头湖。二是它的名字很特别，叫公主溪。

公主者，帝王诸侯之千金也。乔口乃弹丸之地，何来公主？在《二十五史》中，作为中国历史文化名城的长沙，也只在西汉时分封过长沙国，只在明代有过长沙王，其余各朝各代均未见长沙有分封藩国的记录，更何谈长沙一隅的乔口，因此史籍上找不到。乔口乃洞庭水乡，鱼花港一带曾是"水尽南天不见云"之处，洞庭湖被泥沙淤积湖底抬升而向北收缩之后，这里是芦苇丛生的洲土，也找不到有人在此占地为王的传说和记载。然而，公主溪的名字却在当地刘姓族谱中有出现，公主溪的名字在当地人口中代代相传，公主溪的流水也不知流淌了多少年。原来，公主溪的得名，源于一个神话故事和这里的一座佛寺。

这个神话故事多少与神话小说《南游记》有些牵连。千田国公主被妖神火漂掳去，经华光大帝搭救出险。为感谢华光大帝，千田国王重修华光庙。自此以后，公主变得很少言语，最喜欢独自一人划船到湖中观鱼。这天，她划着船来到湖中，只见清清的湖水映着蓝天白云，成群的鱼儿欢快地追逐，正当她陶醉其中时，湖面上刮起一阵清风，清风把她的小船推到湖中的小岛边。她下船来到岛上，但见芳草萋萋，花儿朵朵。在花草中，有一方平静的水池，水池清澈见底，她俯身下看，见到了自己一个美丽的身姿，她蹲了下来，专注地欣赏着水中的自己。她双手捧水，准备喝了一口，这时，远处一对鸳鸯双双拍打着翅膀起飞，她循声而望。可就是在这一望时，悲剧发生了。一条在这水池中修了多年的蚂蝗精，从水中拱了出来，张开血盆大嘴，咬着公主沉入水池中。也是公主有救，正在这时，恰遇华光大帝下山救母路经此地，在云头上看见了湖中发生的一切，便立即降落云头，跳入岛中水池，与蚂蝗精展开一场恶斗。华光大帝曾是如来佛前的妙吉祥童子，曾三世投胎，他上天偷过紫微大帝的金枪，下海闹过龙宫，后自称华光大帝。蚂蝗精哪里是华光大帝的对手，几个回合下来，蚂蝗精落败，乖乖地交出了公主。华光大帝将公主送到船上，然后又划船将其送到岸边，公主来不及相谢，华光大帝登云而去。公主岂能忘记华光大帝再次救命之恩，此后四处寻找恩人，且发誓，不找到恩人就不回千田国。华光大帝后来修成正果，受封为五显灵官菩萨。清乾隆年间，乔口鱼花港一带的众姓，捐建了规模宏大的蓝塘寺，寺里供奉五显灵官菩萨即华光大帝。蓝塘寺华光大帝开光法会不久，有人在晚上发现，在盘绕蓝塘寺前的溪港里，有一妙龄女子划着小船从团头湖过来，对着蓝塘寺跪拜。此事一传十，十传百，后来人们都说，在子夜时分有妙龄女子在溪里船上对蓝塘寺跪拜。众姓中有个名叫刘子长的读书人，听了众人的述说后，便把那段华光大帝在湖中搭救公主的故事说了出来，这时人们才恍然大悟。人群中，一个位鹤发童颜的老者走上前来，先是对着蓝塘寺三鞠躬，然后振振有词地说：华光大帝在上，千田国公主每天晚上划船来此溪流向蓝塘寺叩首谢恩，我等众姓为世代记住这一知恩图报之德，想把这溪港取名公主溪，若能如愿，请赐三个巽卦。说完，老人从衣袋中取出两片骨卦，连卜三轮，竟然均是巽卦！公主溪就这样得名了。

得千田国公主的灵气，后来公主溪这一带村庄里的姑娘，个个都是秀美清纯，个个都是端庄贤淑，个个都是聪明能干；受千田国公主知恩图报的感染，后来居住在公主溪一带的媳妇，个个都是孝顺公婆，个个都能友好邻里，个个都会相夫教子；这里的男儿，也继承着华光大帝的神勇豪气，处事做人都能无私无畏，关键时刻都争着扶危济困，大小事情面前都敢于担当。

不知流淌了多少年的公主溪，在当地人们心目中是神圣的，是高贵的。因此，人们倍加珍惜这弯弯的圣水，使其的自然生态很好地保持着。近年，这里的人们怀着对千田国公主的敬慕，将公主溪进行了浓墨重彩的描绘。现在的公主溪，两岸葱茏的树木有如飘动着的绿色绸带，两岸秀美的田园有如展开了的多彩图画，两岸气派的楼宇有如想象中的天上街市。当然，最有灵气还是公主溪中的流水，这溪中的水，清亮清亮的，这溪中的水，长流不止的。人们相信，这有灵气的流水，一定还能让千田国公主仍然当着镜子来欣赏自己，一定还能让千田国公主划着小船来游玩。人们还说，有运气的朋友，或许能会遇到划小舟的公主哩！

第三章　水墨村庄

　　鱼花港里的民居，大多相连在一起，从而形成一个个自然村庄。这些自然村庄，有的名曰屋场，有的名曰老屋，有的名曰岭，有的名曰湾。名字有所不同，但都很美丽，美丽得像一幅幅水墨画。一代又一代的人们，在水墨画里生生息息，在水墨画里出出进进，因此，在每一幅水墨的深处，都能听到耐人寻味的故事。

祥和屋场

祥和屋场坐落在祥和岭上。这里西面、北面和南面都曾是南湖，只有南东边连着广阔的田园。这里，地势相对较高，与临近的其他地方比起来，算得是"山"了。在低平的湖乡出现一片高地，且高地周围有湖水环绕，既无水浸之忧，又不愁缺水之患，是理想的居住地。因此，早在以赣填湘的洪武落业期间，这里就有人居住。据刘氏族谱载，最先居住这里的是刘祥林和刘祥和两兄弟。但当时这里并没有祥和岭与祥和屋场的喊法。

祥和岭和祥和屋场的得名并不是因这两兄弟的名字命名的，而源自一个久远的故事。据传，刘氏兄弟的父亲刘倡善是个读书人，其家教很严，也曾督促两个儿子读了些书。从江西迁徙到此后，因不合水土，刘倡善不久就去世了。由于地缘位置的优势，刘氏兄弟在这里住了几年之后，家业渐兴。但两兄弟的待人处世方式却发生了截然不同的变化，老大刘祥林一直为人忠厚，安守本分，从不与人发生口角是非。老二刘祥和起初几年也是与兄嫂一道以耕种为业，后来与益阳周氏女子结合成家后，渐离心离德，吵着分家。刘祥林秉承"长兄如父"的父亲遗训，开始还规劝弟弟和弟媳，维持大家庭的传统，但多次苦口婆心的开导，都无济于事，只好和妻子商量，将好田、好土、好屋都分给弟弟，以示兄长的大度。刘祥和分得了好田好土和好屋，自然心下欢喜。分家的头几年，小两口勤俭持家，又有了一个儿子，日子过得很是愉快。可是刘祥和心里总有一些不满意，这就是出进的道路太麻烦了。因为三面是水，刘家出入只能走东边，东边是周家的山地，山地里葬有周家的几座坟，刘家出入要绕过坟山再上大路，确实也有些不便。刘祥和想，要么把这坟山买过来，买不过来就想办法夺过来。于是他瞒着兄长刘祥林，托人来到周家提出买地之事，被周家一口回绝。刘祥和心有不甘，从此有事没事找周家的碴子。周家主人周有道性格倔强，是个硬者不怕，软者不欺的人，你愈找碴子他愈对着干。于是刘祥和与其碴子越找越大，口角越来越多，直到两家不相往来，形同陌路。但刘祥和始终没有死心，只想把路修直。机会终于来了，这天周家因益阳那边的亲戚相请，都去做客去了。周家人前脚出门，刘祥和后脚便背起锄头去"修路"，说是修路，就是将出进的那条弯曲小路拓宽拉直，说是拓宽拉直，就是将路幅向周家坟山那边移过一丈多，有的地方竟挖到周家的坟堆边。待周家人回来，这里连路边的树都栽好了。周有道感到刘祥和欺人太甚，立即投诉甲长和周氏族人。甲长和周氏族人到现场看过之后，也觉得刘祥和做事太过，便直言裁定刘祥和恢复原貌。可刘祥和自认为木已成舟，拒不理会。这事就惊动了刘氏一族，族中一个叫刘倡礼的，本是刘祥和的堂叔，是个以知书识礼闻名全族的人。他听到消息后，连夜赶到刘祥和家，动之以情晓之以理地开导刘祥和。这时，周有道听说刘家族上来人了，便暗中蹲在刘家窗下偷听。刘倡礼劝说一通后，正色对刘祥和说，你这样做是动土惊坟，动土惊坟是犯法的，也是犯族规的，所以于情于理你都做得不对。刘祥林也在一边数落弟弟刘祥和。看到刘祥和久久不作声，刘倡礼要来纸笔，在桌上写下两行字：

事不三思终有败，

人能百忍则无忧。

刘祥和看了之后，默不作声地这才低下了头。这时，兄长刘祥林说：叔父说的全是为我们兄弟好，明天一早，我们两兄弟就去向周家赔礼，并回填周家坟山上的土。突然，窗外周有道喊道：不要赔礼了，只要刘老弟以后打商量做事。众人把周有道请进屋里，刘倡礼代表全族向周有道赔不是，还以周家主人如此的大度，再次教训了刘祥和，刘祥和无话可说，后悔得泪水直流。周有道心直口快，主动提出路已经修好，也就算了。刘倡礼顺水推舟地说：既然周老板仗义，你刘祥和也不能坐收其利，还是按地价和面积出双倍的银子。刘祥和点头同意了。可周有道说：是好多就是好多，我不多要一文！就这样，一起将要打的官司平息了，刘周两家从此和睦相处，刘祥和与周有道的儿子还拜成了异姓兄弟，也成了周有道的忘年交。这事成了远近人们传颂的美谈，后来有读书人说：和睦相处，谓之祥和，这地方就叫祥和岭，这屋场就叫祥和屋场，而那条被拓宽的路，也就叫祥和路吧。

后来，祥和屋场几易其主，几易其姓，但居住在这里的人，始终相互友爱，关系和谐。正因为如此，从水路来到南湖的船老板们，都争相把船泊在祥和屋场的湖边。从资江里放排过来的竹木排客，也喜欢把排停在祥和屋场的岸边。这样一来，往来祥和屋场的人越来越多。人们从祥和路进入祥和屋场，再到南湖边上去买自己所要货。一些炸油粑粑的、卖茶水、抽彩头的，也看准行情，纷纷来到祥和屋场，摆摊吆喝，祥和屋场热闹起来了。热闹的祥和屋场虽然人来人往，因受祥和屋场的故事感染，也都能讲求和气生财，讲求公平交易，尽管人多，仍然呈现祥和的景象。

世事沧桑，祥和屋场曾是几栋土砖茅草屋，后来先后改换成土砖小瓦屋、红砖平瓦屋、两层的小楼房，现在已都建起了具有中西风格相结合的小别墅。现在的祥和屋场，虽然没有了南湖的船舶和竹木排光临，没有了小买小卖的吆喝，然而，这里既有世外桃源般的宁静，也有出入行车的方便，更有吉祥和谐的氛围，因此，这是一处值得一去的地方。

解元屋场

解元屋场地处鱼花港耕读园北侧。这一带地面低而平坦，且由东南向西北呈坡状渐低延伸。这样一来，解元屋场的地基处在稍高的地方。在水患频频的年代里，稍高的地方适于建房居住。杨氏在洪武年间来此落业后，便在此搭建棚屋，后繁衍生息，群居于此。当年尚未围挽堤防，这一带经受不住起江河湖泊的喜怒无常，因此，搬家发大水是经常的事，冲倒房屋是经常的事，大水过后重建家园是经常的事，重建家园时另选别处也是常有的事。这就使得当时人们有些居无定所之感，也就使得人们居住之地无以为名。而杨氏居于稍高的地方，迁居重建相对较少，久之人们称其居住地为杨家屋场，这名字一叫就是几百年。几百年后，杨家出了一个解元，因此杨家屋场改名为解元屋场。

水窝子里出了解元，这当然是了不起的大好事。大好事的背后，有一段鲜为人知的故事。清朝嘉庆年间，居住在杨家屋场的杨氏东大房三房杨先发家里出生了一个男丁，家里人好不欢喜，也寄予无限的希望。满周岁时，杨先发请族公为其取名，族公按杨氏派系，出生的小孩为"德"字派，便为其取名德润，字第元，意为有祖德的润泽，将来此子能光耀门第，得中魁元。随着年龄的增长，德润到了入学读书的时候，可德润终日在水里嬉戏，学会了徒手捉鱼，且捉鱼成瘾。不论在塘里、港里或者柳林江里，只要德润下去，立马就有大鱼丢上岸来。杨氏族学开馆那天，杨先发到处寻找儿子去上学，寻来寻去，才在柳林江边找到。听说要进学馆读书，德润如同捉到手的鱼又跑掉了那样失落，极不情愿地上岸，由父亲送到学馆坐了半个时辰，就又偷偷地跑了。此后每天如此，杨先发将德润送进学馆去，德润不久又跑出来，急得先生吹胡子蹬脚，急得家里人不知如何是好。德润十岁那年，事情出现了转机。也是因为德润逃学时跑得快，跑到柳林江边将书夹子一丢、衣服一脱就匆忙跳下水。这一跳恰好落在石矶上，石矶上有一片坏死了的蚌壳，蚌壳不偏不斜，正好刺在德润的脚板上，顿时鲜血直流，德润痛得直打滚。杨先发知道后，将德润抱回家，请来郎中，为德润将深扎在脚板上的蚌壳取出来，并进行止血、上药。几天后，德润还不能下地行走，杨先发见机会难得，将其抱进学馆。第一天，先生并没理德润，只是在点书时用眼也斜了几次。第二天，先生给德润讲了三娘教子故事，见德润听得津津有味，第三天先生给德润讲了程门立雪的故事，又见德润听得入神。第四天开始，先生先讲故事，然后为德润点书，德润觉得有味，慢慢地随着先生读起书来。德润的脚伤好了之后，藏起了那片带血的蚌壳，每天背起书夹往学馆跑，杨先发从此再不要操心了。这人呀，就是要有一个专注的性格，德润下水捉鱼成瘾，就什么也不想，只想下水捉鱼；德润读书上路，就从此再不想捉鱼了，只想着读书。这一读就是十二年。十二年后，德润成了食廪饩的廪生，又过了三年之后，德润赴省城参加乡试，一举夺得头名，成为杨氏乃至方圆几百里内首出一名的解元。此后，德润带着那片带血的蚌壳走出了家乡，成为一地父母官。据说他在任上，用那片带血的蚌壳教子，也用那片带血的蚌壳教民劝学。故事到此并没结束。杨德润举家迁出后，又带出住杨家屋场的很多本家人走出乡关，在外地开创事业，杨家屋场从此几近人去屋空。居住在任家团山的任氏族人看中了这块发祥之地，经过与杨氏族人的商议后，议定地价，写出契约，付与售金，然后正式交割。任氏一族当时也非常注重耕与读，住进杨家屋场后，更侧重规劝族人读书。为了激励子孙读书，任氏住在杨家屋场后，没有将家屋场改成任家屋场，而是将其改为"解元屋场"。这一改，杨氏一族甚是满意，任氏一族也收到了要想得到的效果，因为，任氏后来也出了不少的学而有成的读书人。

解元屋场一直是杨任二姓和谐相处的纽带。在其后的两百年时间里，杨任二姓在这里友好共居。相互通婚，成为儿女亲家者有之；共同加筑堤防，成为并肩治水英雄者有之；合力防卫盗抢，成为生死兄弟者有之；同心济困扶危，成为广受尊敬的积德行善者亦有之。

解元屋场一直是这里进行耕读传家教育的载体。用杨德润由顽童而至解元的故事教育子孙，杨任两姓在这里一代一代传承。杨任两姓的"老班子"有一个同样朴素的理念：不求子孙个个当解元，但求子孙个个知书识礼。在这种朴素的理念驱使下，杨任两姓的未成年者读书成风，就连在田中耕种的中老年人，也不忘夜读。杨姓一族相对人多相对有实力，更是于二十世纪初在杨氏宗祠里办起了"育英学校"。育英学校是一所新学。校长杨水生曾与毛泽东同过学，据说还曾相送毛泽东五百元以助其游学。受毛泽东影响，杨水生用新思想教育学生，学生中很多人成为后来靖港地区的农民协会的骨干。时住在乔口四墓塘、后迁益阳莲子湖的杨海波，在育英学校毕业后，积极投身革命，离家时并告家人，"一担谷一本的书要读，一担谷一石的田莫买"。杨海波一直四海为家，在革命中参加了中国共产党，革命胜利后，曾出任中华人民共和国共青团中央书记处书记等要职。

解元屋场的房屋已经今非昔比，但解元屋场故事传下来的理念没有发生变化。现在，从鱼花港主干道红南公路到解元屋场，有一条水泥大道，这条大道，像笔杆一样直；这条大道两边，像书本一样平。人们为这条大道取了一个寓意深远的名字：解元路。这既是人们的怀念，也是人们的期待，期待从这条大道上走出更多新时代的"解元"和"状元"。

朝门屋场

在鱼花港芙蓉园之南，有一个村庄名叫朝门屋场。早年，大户人家将自家大庄院周围砌上围墙，围墙之外，还要沿墙挖出一条深水沟，只留一个口子供全家出入。主人对这个出入的口子极为重视，不惜用上好的青砖砌成四缝三间的廊庑，廊庑的屋面盖青瓦，并饰成飞檐翘角之状，中间廊庑开门洞，两侧廊庑开窗户，门、窗都用厚而结实的木料做成。有的大户人家还要在门上题写匾额，在门的两边挂上对联。这就是朝门。是时，这一带这样的庄院很多，为何这里独称朝门屋场呢？因为其朝门的建成，有其特殊的经历。

清光绪初年，这里还是一片荒芜之地。荒地少有人涉足，成了野猫、野兔盘踞的地方。每到晚间，野猫凄厉地嚎叫，野兔幽灵般地跳动，使得这里非常阴森恐怖，时人都称这里为野猫岭。与野猫岭一里之隔的南边，有一个小村庄，名叫蔡家湾。蔡家湾里住着几户姓蔡的人家，也住着一户姓刘的人家。这刘姓人家的男人刘天一本是招赘来蔡家的，蔡氏生有三个儿子，长子刘大球，次子刘大有，三子刘大发。三个儿子尚未成年，刘天一和蔡氏双双急病身亡。三个儿子相依为命，看看都到了成家立业的年龄，三兄弟还是居住在狭小的三间茅草屋里，耕种着几亩湖田。三兄弟中，老大刘大球忠厚老实，老二刘大有和老三刘大发颇有心计。这天早饭后，刘大有和刘大发对老大刘大球说：我们守着这点湖田和这三间草屋，实在难以混下去，只有迁出一个，才能扯出一个萝卜空出一块土地。刘大球说：我也是这样想过，可是，迁到哪里去呢？早有准备的刘大发说：野猫岭那地方大，至少可以住下我们中的一个。刘大有接过话说：那又哪个去好呢？刘大发说：要么就是大哥去，要么就拈它，谁拈中了谁去。刘大有立即响应说：要得，拈中了它，就是一它屎也吃定了。看到这两个弟弟如此同心，老大刘大球也不做声了。这时，刘大发主动提出，自己年纪最小，拈它拈最后。刘大球听了，觉得这小老弟蛮懂事，便说：那你就去做它子吧。刘大发求之不得，转身去做它子。说是做它子，其实就是掐三根草筒。按理说，三根草筒中有两根应是没有节的，可刘大发做了手脚，弄了三根都有节的草筒。他将三根有节的草筒攥在手中说：这里有三根草筒，拈中有节的草筒就迁出。回头又对刘大球说：你是老大，先拈。刘大球不知是计，伸手就去抽了一根。草筒刚抽出，刘大有和刘大发就同时大声叫道：大哥抽中了！大哥抽中了！刘大球手拈草筒，平静地说：抽中了就迁出呗。第二天，刘大球只拿几只瓦钵和几升米，离开了蔡家湾老家，在野猫岭上搭起草棚，开始了艰难的创业。野猫岭上尽是杂树刺蓬，刘大球用锄头挖一些晒干，柴火有了；在挖去杂树刺蓬的地上整出几块土，种上南瓜等作物，小菜也有了；用竹篾做几十个夹子，居然夹了几只野兔，将野兔剖开洗净晒干，荤菜有了；他继续挖树整土，种上苦荞，二个月后，收获苦荞，粮食也有了。这时，很多人都过来说，这地方住不得，住了会碰土煞死人的。人群中一个叫曹宇龙的说，么子土煞不土煞，懒就是最大的土煞！曹宇龙的话更加坚定了刘大球的决心，接下来，他一如既往地开垦荒地。早晨，他煮好自己一天吃的饭，做好一天吃的菜，吃了早饭后，将其余的饭菜分成两份，用瓦钵装好。白天，他除了挖土开荒还是挖土开荒，到中午时，将瓦钵拿到太阳下晒热，热后坐在锄头把上三扒两搅，瓦钵筷子一放，又拿起锄头做事，晚饭时，太阳下山了，干脆就是吃冷的。晚上，他就着月光整土，直到鸡叫头回，才回到草棚里休息。功夫不负有心人。通过十年辛苦劳作，他开荒三十亩，在这三十亩地上种上了1800株橘树。昔日无人涉足的野猫岭变成了橘园。又过十年，果树开花结实，黄橙橙的橘子变成了白花花的银子，白花花的银子使刘大球充实起来，昔日草棚拆了，变成了四缝三间的瓦屋，过几年又变成三进两横的大屋。这时的刘大球，已由一个青皮后生变成了一个四十岁的中年汉子。这中年汉子，屋不可谓不大，手里的钱不可谓不多，但遗憾的是，他还是光棍一条。上了年纪的光棍虽然富有，却没有人上门做媒。好在当年鼓励刘大球开荒的曹宇龙，此时力排家人之议，将年方二十二岁的女儿嫁给了刘大球。刘大球做事从此有了帮手，于是，在屋的周围砌起围墙，并盖起了气派的朝门。此后多年，曹氏生有五男二女，刘大球终成这一带有名的大户。看着野猫岭变成果园，看着草棚变成有朝门的庄院，看着穷汉变成富有的大户，四周的人们，惊邪、佩服、敬重，于是为刘大球的庄院取名曰：朝门屋场。

刘大球在七十八岁时老去。以后朝门屋场里的人越发越多，房子也越建越多，朝门屋场前的朝门被众多房屋遮挡。再后，随着时间的推移和人们居住习惯的改变，那朝门变成公众堂屋没人扫，在风雨和白蚁的侵蚀下，渐渐地消失了。然而，人们还是照样叫着朝门屋场这个名字。

没有了朝门的朝门屋场，现在楼房林立，树木葱茏。居住在这里的人们，在舒适、祥和的生活中，经常讲述着朝门屋场来龙去脉的往事。

严家老屋

　　严家老屋地处芙蓉园里的公主溪边。早在南宋末年，原籍浙江省兰溪县灵泉乡的严氏景、昱二公，为避战乱托籍长沙。景公之子敷荣公一支落业沱市，此支严氏子孙先后经历元末、明末之战乱，在沱市一带顽强地生存下来，并渐成人丁兴旺的大族，所居之地得名"严家旺"。清乾隆年间，乔口丰兴一带围挽成垸。新的丰兴垸内，地广人稀，时严家旺长房中一支中有人经过丰兴垸，看到垸中土地肥沃，觉得此地大有可为，便举家迁居丰兴垸。后在垸内经营十年，成为当地有名的富户。于是大兴土木，建起房屋四十八间，人称严家大屋。几十年之后，严家大屋周围大树遮天蔽日，大屋隐于树林之中，颇有庭院深深、龙钟古老之感，因之人们渐称严家老屋。

　　严家老屋里的人不但广置田产，而且人发得快，加之在注重经营田产时还兼经商，并自开学馆教子孙读书，因其在富有之余，不乏出人头地的学子，这也使严家在当地雄视一方，势力和实力堪称数一数二。严家老屋有个与众不同之处，就是没有围墙，也没有朝门。其周围的林木占地广阔，前后左右几十丈远的地方都为林木覆盖，尤其是老屋之西，林木与相隔一里之远的乌龟岭连成一片。这乌龟岭是丰兴垸中唯一突起的小丘，严家在此所植树木长高后，这小丘显得更加高峻。一日，有一风水先生在此路过，上乌龟岭上转了一圈之后，认定这里是"龟背驼经"的地脉。风水先生无心说出，居住在这一带的刘姓、陈姓等却有心听到。因为，这里正流传着"五王老爷"显圣的奇闻。五王老爷就是华光大帝，也就是五显灵官菩萨。据传，刘氏二房一个叫刘佐章的，家里富有，却无子嗣，在乔口五显寺求拜五王老爷后，其妻一连生下三个儿子。又传，陈姓中一个叫陈其远的雕匠，因长期患病，家里一贫如洗，请来"马脚"作法"下神"，那"马脚"来神后，自称五显灵官菩萨，经一番拿妖捉怪之后，陈其远的病好了，家里也好转起来。病好了，家里也不愁衣食了，陈其远不忘五显灵官菩萨的恩情，从此，自雕五显灵官菩萨的神像，在五显寺开光之后，迎请回家，每日晨昏三叩首，早晚三炷香。那年八月十五的晚上，陈其远做了一个梦，梦中，五显灵官菩萨说：我在你家享受香火当然好，但你不要太私心了，我要灵佑众姓，你想通之后好自为之吧。陈其远醒来之后，百思不得其解。后来把这梦告之刘佐章，刘佐章沉思良久，突然开了窍，一拍大腿说：这是五显灵官菩萨提醒你，要为他老人家在这一带建寺院，建了寺院，菩萨就可享受众姓火，这你不就没有私心了吧！陈其远恍然大悟。此后，由刘陈二姓发起捐建五王庙，众姓纷纷响应，一时间，出钱出力的大有人在。可是，五王庙建在哪里呢？陈其远又为难起来。还是刘佐章有见识，他记起了风水先生的话，乌龟岭是一宗"龟背驼经"之地，经是佛门的经，由龟驼来，这不是天生现成的建寺院的福地吗？陈其远听了也觉得有理，于是两人一面到严家商量在乌龟岭建寺院之事，一面在地方上放出言辞，要在乌龟岭建造五王庙。严家也听说了这乌龟岭是"龟背驼经"之地，哪里肯让出这样好的风水宝地！因此家大业大势大的严家，断然拒绝了陈其远和刘佐章的要求。三番五次协商无果，刘佐章没有了耐心，指使陈其远率人将建寺院的砖石源源不断地运往乌龟岭。严家哪里吃这一套，便一纸诉状告到长沙县衙。严家仗着家有严禄章在外为官，而长沙知县正是严禄章的同窗，凭着这一层关系，严家自认为此状必胜。这层关系，刘佐章和陈其远当然也知道，地方上众姓也知道，一时间，大家都没有主张，背地里议论纷纷。刘佐章十分冷静，他三天不出门，在家里冥思苦想，也没还是没想出办法来。这天他不得已到陈其远家去打商量。一进门，就看见陈其远自雕的五显灵官菩萨像，心里有主意了。于是，与陈其远如此这般合计了一番。开庭那天，天气晴朗，万里无云。严家人早早地来到县衙大堂，一副志在必得的样子。刘佐章作为被告一方代表，也随后大摇大摆来到县衙大堂，一副胸有成竹的样子。知县刚升堂坐定，突然听到外面一阵喧哗。知县便问两旁人役：是何事喧哗。人役们答道：是众多乡民抬着五显灵官菩萨的神像直奔县衙来了。知县惊堂木一拍，喝道：五显灵官菩萨有何灵性！可就在这时，知县话音刚落，一声炸雷响起，紧接着狂风暴雨。又一炸雷，直打得县衙大堂屋顶开了天窗，知县吓得面如土色，连忙躲到案几之下藏身。刘佐章将知县请了出来，正色道：大人还是先断案子吧。灰头土脸的知县惊魂未定，颤抖着说：既然……这个……五显灵官菩萨显灵，那严家就应把乌龟山献给神明。严家人此时也吓蒙了，哪里还敢说半个不字。这时，知县已经回过神来，只见他拿起纸笔来，在案几上写下两行字：

天意从来高难问，

人心不可勉强为。

写毕，叫人役送给严家人看，严家人都是读了长学的，看了之后，默默点头；知县又叫人役送给刘佐章看，刘佐章看了之后，叩头相谢。案子就这样结了。不久，一座雄伟的寺院，在乌龟山上拔地而起。只是人们为了有别于乔口的五显寺，将新建的寺院命名为五王庙。

五王庙建成后，严家人自感脸面上有些过不去，又感到神明不可得罪，便主动捐出一笔为数不小功德银，作为对神明、也是对众姓表示的忏悔之意。这一带的众姓特别是刘陈两大姓，对严家的苦衷也心知肚明，因此也事事善待严家。后来，严家人因经商和读书致仕，不少人迁出严家老屋。再后来，严家人全部迁出严家老屋。然而，没有严姓人居住的严家老屋，一直叫着这个名字。

陈家湾

在鱼乐园的蓝坪岭一带，有一个颇大的村庄，名叫陈家湾。陈家湾大，是因为其居住的人多，且居住分散。据村里的人说，陈家湾的人历来就是分成几大块居住。这与周边的大屋场、大老屋形成强烈的对比。为什么会出现这种分几大块居住的格局呢？原来，陈家湾有其特殊的经历。

很早的时候，一条水港从盘龙塘流过，在这里转了一个大湾，水流转弯的地方适于居住，被几户陈姓人家看中，便结伴住在这里，故称陈家湾。年深日久，水港在泥沙的沉淀中消失了，这里的地面宽大了许多，于是又迁来了刘姓和龙姓人居住。不过，新迁来的姓氏在建房时，以姓氏为纽带，分别将房子与本姓人建在一起，因此形成几大块的格局。即使这样，人们仍称这里为陈家湾。陈家湾里的人中，陈姓人注重做手艺，刘姓人注重务农，龙姓人注重读书和经商。时间长了，三姓人中处世克家的方式和效果有了不同。陈家人做手艺不是开作坊的手艺，而是做"沿门功夫"，时称是"吃百家饭"，吃百家饭讲究凡事不多开口说话，一心做自己的事，因此一直与世无争，谁家都能来往。刘姓人务农先是自耕自给，后来少有积蓄，便买田置地，田产越来越多，势力也开始壮大。经商读书的龙姓人家产殷实，且不断从外面带回新的信息和财富。这样一来，三姓的发展像划龙船一样，渐渐地出现快慢了。快慢出现了，是非也来了，于是在清乾隆年间引发一场官司。发展最快的是龙姓，富而有势，富而有谋。龙家的老太爷深知，再多的银子不能带到土里去，不如想办法花去一些。想来想去，想到了建一座花园。这花园讲究楼台亭阁，讲究假山假水，讲究奇花异草，都是要用很多银子才能办到的，可这些龙老太爷都不怕，因为家里有的是银子。只是花园不能离自家太远，且建这样大的花园要用一块很大的地，地从何来呢？自家房屋周边都是陈姓和刘姓的，只有离自家屋后不远的田块是住在南湖周姓的别业。于是龙老太爷派当家的大儿子龙超来到南湖周家。周家的老太爷和大儿子、二儿子都去汉口买船去了，只剩下三儿子周怀祥在家。周怀祥是个浪荡子，听说要买自家的别业田，便一口答应，并说一手交银子一手交田。龙超购田心切，当下交银，当场写据，事情就这样定下了。龙超回到家里与父亲一商量，觉得这事宜快不宜慢，慢则日久生变。于是次日便杀牛奠土，正式开工。消息传到刘家，刘家老太爷好生气愤，因为南湖周家这块田早已卖给了刘家，其地契就在手中。这地契是与周家老太爷办妥的，刘老太爷要去周家理论。可周家老太爷不在家，周怀祥卷着银子出去游玩去了。刘老太爷只好回来找龙家理论，可龙家也有地契在手，根本不理会刘老太爷的理论。刘老太爷一气之下，向长沙县衙告状。状子呈上县衙之后，龙老太爷觉得这事闹大了，心里一急，便急出病来，三天之后心血上涌，不治而亡。龙超气血方刚，一面料理父亲丧事，一面继续催动花园的施工。这时，有人给龙超出了个主意，就是把龙老太爷葬在圈定的花园后侧，并在坟前挖个圆水池，以示这里本是龙家之地。龙超依言，如法匆忙安葬了父亲。是时，这里有一习俗，父死有孝在身，日间不能远出，夜间守在灵前不能出门。因此龙老太爷安葬之后，龙家人一直夜间守在灵位之前。刘老太爷老谋深算，趁着月黑风高之夜，命儿子带人在龙老太爷坟上做起了手脚。这手脚并非有悖道德、有悖人性的挖坟移尸，而是在紧临龙老太爷坟左侧埋上一死马，然后连同原来的坟堆做高做大，并把坟前的圆形水池向左移动，正好对着新的坟堆之顶，还按原样植上了草皮。不几天，县衙开庭审理此案。大堂上，刘老太爷说有地契作证，龙超说手中不但有地契为证，而且现场有龙家坟墓作证，真是公说公有理，婆说婆有理。知县莫衷一是，只好当堂宣布次日现场勘察。到了现场，刘家人说这是马坟，龙家人说这是人墓。为了辨真假，知县命人掘开坟堆，只见一死马平躺在土中。龙家人百思不得其解，好端端的老太爷埋在其中，怎么变成一死马了呢？这时，周老太爷从汉口回来，听说此事立即赶到。他拨开人群，向在场的知县和看热闹的人说：龙刘两家都没错，错就错在我家那浪荡儿子周怀祥。知县问明缘由，原来刘家手中的地契，是刘老太爷与周老太爷签好的，且签约在先；而龙家手中的地契，是龙超与周家三儿子周怀祥签订的，故签约在后。

周老太爷说完，从衣袋里拿出一把银子，交给知县。知县据此当场判定：银子退还龙家，田产归刘家据有，至于龙家做的坟，仍由龙家迁出。这时，刘老太爷做起了顺水人情，他说：坟就莫迁了，留个纪念吧。此后，龙老太爷的坟一直在刘家所买的田块中，同时，人们给这块田块取了个好听的名字：龙花园。

世事如棋局局新。当年，龙刘两家的官司使得陈家湾着实热闹了一番，也使得居住陈家湾的人开始冷静思考。住在一个村庄里，是一种缘分，既然是缘分，就该珍惜。此后，在陈家湾居住的，还是这几姓人，甚至还多了几姓人，但这么多年来，陈家湾的人相处很融洽。不过，人们在茶余饭后，还不时议论那场离去久远的官司。也许是人们为了打发时光，说说而已；也许是人们怀念旧事，谈谈也罢；也许是人们有所思考，说出来让人评论。但不管是何目的，现在陈家湾的人都认定一个理：左邻右舍以和为贵。

第四章　地名传奇

　　有柳林江水道盘绕于西北，有长、宁、益古道贯穿于东西，这就使得鱼花港一地的人，虽处江湖之远，却不乏与南来北往的人有所接触，不乏与水陆两路来此的人进行交流。就是这接触与交流的过程中，发生了很多重大事件和传奇故事，因而也出现很多与这些事件和故事相关的地名。这些故事与地名，大多带有水的印记，带有水的灵光。这些故事与地名，大多具有神奇的色彩，具有历史的沧桑。

龙口珠和天子凼

在鱼花港鱼乐园西南的永佳湖南边，有两个奇特的地名，这就是龙口珠和天子凼。龙口珠是一座小山丘，这小山丘正处在永佳湖的汊口处，有如龙口含珠，因此得名；天子凼是一个深不可测的水潭，这水潭水质清澄，彩色流云映衬其间，有如行进中的天子仪仗，故有此名。龙口珠和天子凼相距不过百几十步，早年并无业主，明洪武年间后，分别归属当地两大姓，龙口珠为陈姓所有，天子凼为刘姓之业。因为各有所主，所以这里曾经发生过一个令人扼腕的故事。

据史书记载：元至正二十年（1360年），湖北沔阳渔家子弟陈友谅拥兵建立汉国，自立为帝，"尽有江西、湖广之地，屡与朱元璋战，后中流矢而死"。据传陈友谅死后，其家人偷偷地将其尸体装殓入一具大棺，后将大棺运出鄱阳湖湖口，行至长江中途，为朱元璋军队所阻，只好折转进入洞庭湖，又在朱元璋军队的追击中一路南逃，于是由洞庭而入湘江，由湘江入柳林江，由柳林江入南湖，由南湖入牌楼沟进入永佳湖，这才松了一口气。看到永佳湖南岸有一小山丘，便将陈友谅大棺葬在这小山丘上。为不向外张扬，家人只为其筑了一个小小的土堆，在墓前立一小小的墓碑，上书"故汉主之墓"。陈家后人从此在这一带居住，有的耕种湖田，有的捕鱼为业。他们有一个共同的习俗，就是在自家屋后遍植毛楠竹，且家家的毛楠竹生机盎然，成为这一带独特的风景。陈友谅虽为乱世枭雄，却也有些福分，因为这永佳湖边的小山丘，名为龙口珠，是一块不为人知的风水宝地。在这块风水宝地的灵佑下，陈友谅一方面在阴间召集旧部，试图东山再起，一方面护佑着隐居这一带的陈氏子孙，使得陈氏在短短的几十年中，人丁兴旺，家业兴隆。朱元璋建立大明王朝之后，对死去的陈友谅仍然耿耿于怀，生怕其势力死灰复燃，因此派出许多密使，来到江西、湖南一带，进行暗访。密使中有个名叫崔天建的，来到湖南长沙，然后顺湘江而下，不日便到了乔口。在乔口，崔天建自称风水先生，在乔口街头几番摇唇鼓舌，一时名声大振。在乔口街上立住了足，崔天建便背起行头下乡游走。当他游走到永佳湖边的龙口珠时，发现了小土堆前的小墓碑，将墓碑上的尘土拂去，发现"故汉主之墓"五个大字。崔天建大喜，真是踏破铁鞋无觅处，得来全不费功夫！大喜之余，崔天建冷静下来，在墓周围转了一圈之后，发现这里是一宗好地脉，葬中了好地脉必然出大人物，这陈友谅本来就是大人物，大人物葬中好地脉，当然会出更大的人物！这还了得！不如想个法子，叫陈家将墓迁走，以断绝这条龙脉。此后，崔天建便在这一带转悠，在转悠中，得知陈友谅所葬之地名叫龙口珠，龙口珠旁的深水潭名为天子凼。自此，他拿定具体的主意了。这天，崔天建背着风水先生的行头，来到一户陈姓人家。主人名叫陈宪来，是当地陈姓的族长，又是一个对风水深信不疑的人。崔天建的到来，使陈宪来欣喜不已。先是上茶，后是敬酒，再后就是大谈地脉。两人从昆仑山的大脉谈到长沙的地脉，从长沙的地脉谈到乔口的地脉，从乔口的地脉谈到当地的地脉。当谈到陈家祖墓的地脉时，崔天建不作声了。陈宪来急了，追问崔天建：先生，这墓地有何凶吉只管说来。崔天建慢条斯理地说：一时说不清楚。陈宪来更加着急，连连说道：不管怎样，但说无妨。崔天建这才煞有介事地说：你家祖墓的地脉其实很好，不过，有福水东流之嫌。陈宪来问：此话怎讲？崔天建反问道：你家祖墓之南有一深潭，这深潭是何姓之业？陈宪来不假思索地说：深潭名天子凼，为刘姓所有。崔天建沉下脸来说：刘姓光景如何？陈宪来说：不但富有，而且还出了几个解元。崔天建又问：你陈家呢？陈宪来说：虽不愁衣食，但连一个秀才都没有。崔天建点着头说：这也难怪，因为你陈家的福气都被刘家占去了。陈宪来问：何以见得呢？崔天建端起酒杯喝了一口，神秘地说：我本来不便说出，看你待人诚厚，也就不管那么多了。陈宪来有些感动，一面将酒杯斟满，一面说：先生只管说出，陈某定将重谢。这时，崔天建压低声音说：你想想，你家祖墓居高，刘家深潭居低，殊不知水至低处落，地脉也是如此，因此，你陈家的地脉都落入了天子凼，这样下去，刘家还有大发，你陈家呢，就很难说了。陈宪来大惊，连忙问道：先生，这有解救之法吗？崔天建说：有当然有，就是迁墓。陈宪来连连摇头说：迁墓？迁往何处呢？崔天建久久不作声，陈宪来也思索着不说话，屋子里陡然清静了。突然，崔天建一副如梦初醒的样子，抬头说：你看我好记性，早几天我在益阳虎形山，发现了一处好地，并在那里的正穴之处插上了一黑色玉如意，想留在自己百年之后享用。是这样，难得你这样一个知己，你陈家如不嫌弃，就让给你们吧。陈宪来感激涕零，拿出一锭大银塞在崔天建衣袋之中，就势说：既然先生如此大量，我先代表陈家谢你了。崔天建把银子放在桌上说，先莫言谢，还是到那里看看吧，我这几天要去湘阴一趟，你们看着办吧。崔天建出门后，陈宪来立即找来几个本家，即刻去了益阳虎形山。果然找到了那柄黑色玉如意，当即与地方交涉，交了购地银钱，并签下地契。那年立冬后的第四天，陈宪来组织族人在龙口珠举行盛大的迁葬礼，大礼结束后，众族人挖开陈友谅墓的封土，发现其棺椁完好如新，九条金色盘龙闪闪发亮。这时有人说，这里果然是宗好地脉，还是不迁的好。但这话没人听得进去，因为一切都木已成舟了。就在陈氏族人在龙棺上绑好索杠，一声呐喊起柩之际，突然了一阵狂风刮起，紧接着一声炸雷，所有陈姓屋后的毛楠竹全部破裂，再接着只听见万马奔腾之声。众人被这一突然而来的阵势吓蒙了，见过些世面的陈宪来喊道：这是先祖显灵，我们趁着这神威为先祖起驾吧！就这样，陈友谅墓移葬到了益阳虎形山。当天晚上，陈宪来做了一个梦，梦中，一个身着龙袍的老人来到床前说：朕在水上立国，也在水中失国，这么多年来，朕一心想着仍在水上复国，可你们把我迁到山上，复国之望没有了……陈宪来听到这里，方知是上了崔天建的当，方知迁葬是坏了大事，顿时急得大叫一声，口吐鲜血而死。

此后，陈友谅的后人有的逃迁巴蜀，有的隐居下来，在龙口珠一带繁衍生息，渐渐地又成一方大族。龙口珠是有幸的，因为这里曾作为一代汉王陈友谅的安息之处，且几乎成就了他的复国之梦。龙口珠是有情的，因为这么多年来，它不但呵护了陈姓子孙，也呵护了散居于此的众家百姓。现在的龙口珠，树木依然是那样葱茏，地形依然是那样奇特；现在的天子凼，波光依然是那样闪动，流云依然是那样显现。这一拳小山，这一汪秀水，是大自然赐给人们的，如今，不但人们在这里躬耕灌溉，而且人们经常在这里凭吊古人。

水矶口

在鱼花港耕读园的西北边，有一地名叫水矶口。水矶口的得名与柳林江密不可分。早年，柳林江蜿蜒曲折，流到这里分为两支。一支向东，经乔口古镇注入湘江，这一段江流人们又称乔江；一支向北，进出烂泥湖之后，于毛角口注入资江。在柳林江一分为二之处的广阔水域中，其南侧有一块巨石突出水面，以这块巨石为界，江流之西的土地为益阳县，江流之北的土地为湘阴县，江流之南的土地为长沙地界。这样一块巨石，迎着江流，颇有几分中流砥柱的态势。是时，居住在南面的杨姓读书人，经常发出"一脚踏三县，一呼三县闻"感慨，感慨之余翻阅典籍，发现长江之中有石洲称采石矶。受此启发，认为柳林江中的巨石亦可称矶，且这石矶守卫着柳林江分流之口，于是给这石矶取名曰"水矶口"，并刻石书"水矶口"三字，立于江之南边。

清朝乾隆年间，乔口田心刘氏读书人刘工询，在湖南乡试中得中解元。一时间，刘工询成为远近闻名的文曲星，众多读书人纷纷以弟子身份向其请教。一个晴朗的春日，刘工询到乔口三贤祠凭吊屈、贾、杜三贤，众读书人闻讯，争相前去附和。一番高谈阔论之后，刘工询提议乘船游览柳林江。于是大家响应，依次登舟。在各自摇头晃脑的吟诵中，轻快的小舟穿过"树蜜早蜂乱，江泥春燕斜"的画幅，不觉来到水域十分宽阔的水矶口。众读书人看到，这里江流清澈，水势浩大，白帆片片，号子声声，江边渡口上站立着待渡的人群，一条渡船正在江中摆渡。这时，刘工询叫伙计把船停在江边，然后，把手中折扇一展，边摇边说：这里就是水矶口。我来出一上联，各位临场应对，好不好？众读书人都想展示一下自己的才气，于是都不假思索地说：好呀！只见刘工询把折扇一收，一边晃动头颅，一边吟道：一渡两江三搭界。众读书人听得真切，也都一个个摇头晃脑地重复，紧接着又一个个闭目沉思起来，先前热闹的小船此时清静了，就连那撑船的伙计也都若有所思地摸后脑壳。这一上联，把水矶口的地理位置、地缘特征和眼前的景物都概括其中，真是切事、切地、切景！众读书人无不佩服。江流潺潺，江风习习，也不知清静了多久，众读书人各自搜肠刮肚，总是无有回应；刘工询自己也左右推敲，同样无有下文……此后多年，很多文人传诵着这副上联，也有自命不凡者想倾囊一试，但同样无功而返。据说到了清嘉庆年间，有一个姓张的秀才，平日里口若悬河，说得头头是道，自恃才高八斗，学富五车。这天，他来到水矶口，听说有此上联之后，夸下海口，扬言三日之内对上来，不然的话，白绫自尽。于是借住水矶口杨乾福家，白天闭门思索，晚上挑灯伏案。三天之后，仍无结果。张秀才也是太过迂腐，对不上就对不上吧，何必真的兑现狂言，何必真的因此不要性命。然而这张秀才自感无颜面见江东父老，于那日夜间从杨家出门之后，真的在水矶口江边的一棵柳树上自尽而亡。张秀才死后，其阴魂不散，经常在水矶口一带出没，不断地吟着"一渡两江三搭界"这副上联。一时间，使得水矶口一带人心惶惶。这天，一个有才学且有些江湖法术的花郎听说有这等怪事，便来到水矶口，心想把张秀才的阴魂赶走。于是，他借住在水矶口渡船房里。这天晚上睡到两更时分，那张秀才的阴魂便来了。只见那鬼魂瘦瘦的身材，灰色的长衫，脖子上还有一长长的白绫。花郎本是有备而来，此时他心想，你这死鬼，不是要对对联吗，老子就跟你对上几对看看。于是，花郎敲着床边问：

谁进屋啦？是人是鬼？

那鬼魂答道：

我来此也，无眷无家。

花郎听了，感到好笑，你这死鬼还在咬文嚼字，老子就再跟你玩几个回合。于是又出上联：

竹本青皮，若非节外生枝，终成光棍鬼；

那鬼魂应声答道：

泉原白水，任尔兴风作浪，总是下流人。

花郎心里来火了，老子三条大道走中间，不偷不抢，何为下流？不如再给点厉害给这死鬼看看。又出上联说：

玉帝出巡，雷鼓云旗，雨箭风刀天作阵；

那鬼魂不示弱，脱口答道：

龙王设宴，星灯月烛，山肴海酒地为盘。

讲到了龙王，正中花郎的下怀，于是直接点到鬼魂的痛处：

海啸山崩，海口莫夸水矶口？

那鬼魂一时没有反应过来，不加思索地对上：

乔迁暂住，乔江就是柳林江。

花郎从床上跃起，走出房门厉声喝道：

一道涉江，愿走则走！

那鬼魂不知是计，走出渡船房，回头也问道：

三更应对，说来就来。

花郎暗地里从衣袋中取出两道符，趁那鬼魂魄飘然而出时，将符咒贴在门窗上，然后，突然回身进屋，将门关紧。那鬼魂在屋外大骂花郎是胆小之辈。花郎也不对骂，只是双手合十，念起了驱鬼咒。那鬼魂一听驱鬼咒，顿时六神无主，一下子被念得灵魂出窍，立即化着一道烟灰，随江水流向远方。从此，水矶口一带再也不闹鬼了。到了清道光年间，湘阴人徐受成为县学生，其不但长于文学著述，而且善诗联。一次，来到乔口，听说了水矶口上联的往事，也想一试。可当他来到水矶口，看了这里的地貌形态之后，觉得对出下联难以如愿，便放弃对那上联，转而写下一首《渡乔口》诗：

春山如画拥烟螺，立马危桥唤渡河。

杨柳人家烟里住，杏花时节雨声多。

余霞未散鱼堆市，新水才生鸭踏波。

便要五湖垂钓去，一竿黄竹伴渔蓑。

水矶口就是这样，历为文人墨客游览之地，也为文人墨客留下这样一个难解之题。水矶口是洞庭水道进入长沙地界的标志，是当年益阳、安化和新化的船舶往来的必经之地，因此，这里曾经聆听了船工悠扬的号子，经历了水涨水落的枯荣，见证了那个时代水运的繁忙。

二十世纪七十年代中，新开烂泥湖撇洪河，致使柳林江改道，也致使一段柳林江故道和水矾口被围挽进入大众垸内，成为吞纳一方自然积水的河床型湖泊。值得人们庆幸的是，这一段柳林江故道和水矾口，至今保持着良好的原有自然生态。其水，清而发亮；其树，绿而如墨；其天，蓝而如洗。改变了是其民居，已全由当年的低矮棚屋，变成了时派的楼房别墅；改变了的是其道路，已由弯曲的土路，变成了宽阔的水泥大道；改变了是这里人们的生活，已在原生态的环境中享受到了现代的文明。水矾口的地位和作用虽然发生了巨大的变化，但是，它拥有的历史还在，水脉还在，人气还在，名气还在。因此，人们争相到水矾口去探访，去找寻那块突入江中的矾石，但很多人久寻不到，这是什么原因呢？其实，那石矾还在原地。当地人说，因为它很有灵性，要在特殊的日子里，才显露出庐山真面目。

马转坳

马转坳地处鱼花港的南端。这里是团头湖与闸坝湖相接的地方，放眼望去，乃是水的世界。马转坳是这里一个古老的地名，古老的地名自有古老的故事。

据乔口田心坪刘氏族谱载，明洪武二年（1369年），江西省南昌丰城县梓溪村金山白茅坪的刘氏世麟公，于是年落业湖南长沙乔口田心坪。是时，这一带人烟极少，来此定居不愁土地。因此，世麟公放胆圈地插标，一天一夜间就奠定了"上到靖港乌鸦嘴，下到神沙柳林江"的广袤的田地产业。紧接着就是打造居住的房屋，打理这几万亩田产的布局和耕种。一年多时间的过度劳累，加上水土不服，世麟公终于病倒了。这病有些奇怪，一是长烧不退，二是四肢无力，三是拉泻不止。起初时，吃些单方草药，不见效果；接着四处求医，也不见效果；再接着到渐源寺、杨泗庙求神拜佛，仍不见效果。就这样一拖几个月，世麟公绝望了。有时声言要迁回江西老家，有时把儿子媳妇叫到床前交代后事，有时甚至要自寻短见了却残生。一家大小望着奄奄一息的当家人，无不担心发生不测。世麟公的小妾是一个知书识礼又有心计的女人，不但日夜陪伴在丈夫床前，而且总是用好言抚慰。一天，她寻思着对丈夫说，当年在江西时，听说过南昌知府也是得了重病，久治不好，后来出一榜文，声言如能治好知府的病，就给予重赏，后来果然有人揭榜，将知府的病治好了。你病这样久了，我心痛之余，心里想着，是不是也出一告示，治好了你的病照样给予重谢。世麟公听了，眼睛一亮，可连说话的力气都没有了，只是微微点头。那小妾何等聪明，就着丈夫案几上的文房四宝，在桌上写起告示来。不到半个时辰，告示写好了，那小妾拿到床前，展开给丈夫看，世麟公睁眼一看，告示上写着：

告　示

余久病不愈，特求名医诊治，愈后重谢。

立告示人：长沙县新康都七甲田心坪刘世麟

世麟公看了，挣扎着坐起来，沙哑着声音说，这"重谢"二字还得斟酌，要改成"以跑马圈地相谢"。小妾小声说，那是不是限定时辰呢？世麟公觉得，这女人的心理是何等细密，想事是何等周全。喘气之余，世麟公说，就以燃完三寸小香为时限吧。那小妾点头退后，回头改写告示去了。也就是在这时候，堂屋里来客人了。客人不是别人，正是世麟公的外侄杨思伯。杨思伯也是从江西迁徙来长沙的，迁湘后，居于柳林江拐弯处的麂茅场，以行医为生，只不过忙于治病救人，顾不上插标圈地，因之家里的地不多。正因为田产少，他经常外出行医，近来几个月就是到宁乡狮顾山坐堂问诊去了。世麟公的妻子热情接待了这位久不见面的外侄，寒暄中杨思伯听说舅父有病在身，便连忙起身直奔世麟公卧室，几步来到床前，向舅父问安。世麟公没有答话，只是一个劲地摇头。之后杨思伯噙着泪说，都怪我不该出远门的，让舅父病成这样。接着杨思伯为世麟公切脉，切脉之后开出药单说，这种病不难治好，吃上十服这样的药，准能见效。果然，十服药吃完之后，世麟公真的完全好了。半个月之后，杨思伯再次来到刘家看望舅父，发觉其脸色红润，行走稳健。世麟公说了一些称赞和感谢的话，杨思伯说，舅父的病并不深重，无非是湿热引起，发烧是表象，湿热才是病因，先前那几个郎中开的药只是退烧，没有治本，因此不见效果。世麟公连连点头，末了对小妾喊道，快拿那东西过来。小妾应声将那告示送给世麟公。世麟公拿着告示，脸色凝重地对杨思伯说，现在我的病真的好了，这个也要兑现了。说完将告示交给杨思伯。杨思伯看后正色说，治病救人是我本分，这跑马圈地之事，我绝对领受不起如此重情！说完起身说走，出门时说，我要到宁乡朱良桥去出诊，改日再来看望舅父一家。世麟公也不追赶。过几天，吃了早饭后，世麟公骑上心爱的白马，带着几个儿子来到麂茅场杨思伯家，时杨思伯出诊不在家。杨思伯有两个儿子，一名士荣，一名士华。士荣学医，士华务家。看到舅公来了，两兄弟好不欢喜，连忙叫女人们煎茶出来伺候。女人们敬茶后，回避于里屋了。世麟公说明"跑马圈地"的来意，叫外侄孙立即去办。士荣说，这等大事，必须要爹爹首肯才能行事。士华心里琢磨，家里田实在太少，圈一点也无不可，于是心生一计，对士荣说，哥哥，你去叫爹爹回来，我来在家招待客人。士荣觉得有理，便径直去了。这时，世麟公拿出一根小香说，坪里有我的坐骑，你骑上去，以这根小香燃完为时限，快快去吧。士华笑着说，那我就恭敬不如从命了呀。说完拿起禾场上一捆竹篱，飞身上马而去。世麟公也立即点燃小香。这时，一直在后塘洗衣的杨思伯的妻子进屋了，又发觉两个孩儿都不知去向，便陪坐在堂屋，与舅父说话。杨士华打马出了麂茅场，很快就到了云雷山，在云雷山插上一根竹篱，又狠抽一鞭，那马便到了上湖，在上湖插好竹篱后，又双脚一蹬，那马扬起蹄子，急速向闸坝湖跑去。一路上，杨士华使出看家本领，将竹篱子一根根掷插出去。到了闸坝湖，竹篱子已经插完，但还有毛家湖、马头岭等处没到，心急之下，杨士华猛拍马背，心想再找几根竹篱子来。可是那马已经来到团头湖与闸坝湖相接之处，这里到处都是坎子和凼子，眼看那马奔到了一个大凼子面前，杨士华急忙勒马收缰，可是来不及了，那马前蹄高扬，一声嘶鸣，几乎直立。杨士华从马背上跌落下来，幸好湖泥疏软，不致伤着身体。杨士华心里有事，来不及抖去身上的泥土，又重新上马，准备再往前行，可是，任杨士华如何抽打，那马总是在原地打圈圈，这时杨士华心里才想，竹篱子没有了，马也不肯走了，还是回家吧。就样，杨士华怀着些许遗憾，回到麂茅场家里。此时，世麟公手中的小香恰好燃完。也就是这时候，杨思伯和杨士荣父子回来了，面对既成事实，已经说不出话来。此事传开，人们盛赞世麟公一诺千金的美德，且在杨士华勒马回头的地方，赋予其一个形象的名字：马转坳。

岁月逝去，马转坳得名的故事还有一些版本，但有刘氏族谱记载赫然在目，这个版本的故事一直流传下来。马转坳是长沙与宁乡分界之点。在清代中叶，这里建起了大型石闸，用以节制团头湖与外湖的水流，从而形成长沙与宁乡水域分治的格局。如今的马转坳，西边是烂泥湖撇洪河即柳林江的水流滚滚北去，东边是烟波浩渺的团头湖。现在的马转坳大闸，高达 3 米，宽 2.5 米，长 100 米，闸体两端都有电动闸门，且有雄伟的闸塔。通过马转坳大闸，团头湖在丰水期间，将余水排入烂泥湖撇洪河，团头湖在枯水期间，通过马转坳大闸将外河水引入湖内，用以灌溉周边的农田。马转坳是长沙西北地区通往宁乡、益阳的必经之处，故有一条宽阔的水泥大道从这里经过，一天到晚不息的车流，从马转坳飞驰而过。坐在车上的人们，在饱览田园美景之后，突然看到这里一动一静的江湖相连，看到这里一览无余的水天一色，将是何等的心旷神怡！如果有时间，人们停下车来，到附近农家去，吃着喷香的芝麻豆子茶，听主人绘声绘色地述说当年马转坳的故事，斯时斯地说斯事，那又是何等的心驰神往！

龙王嘴

在离马转坳不远的团头湖边，有一半岛伸入湖中，这就是龙王嘴。龙王嘴地势高，与其相连的那一带地势也相对得高，于是那一带的地方的名字都与高相关联，如谭家山、花山岭等。正是因为其地势高，所以这里很早就有人居住。正是因为很早有人居住，所以这里流传着了一个神奇的传说。

据《宋史·卷三百八十六》载，南宋淳熙年间，"湖北茶盗数千人入境"，盘踞于洞庭湖。这伙以刘花山为首的茶盗，专门袭击南宋官军和富商大贾。时朝廷内忧外患，无力进剿。朝廷礼部郎官刘珙知潭州兼湖南巡抚使后，采取铁腕打击和分化招安相结合的办法，使大部匪盗散伙。刘花山不知所去，而刘花山军中的一个副将名叫周和，此人很有些本事，还有些江湖法术，因此他不甘就此半途而废，仍然召集余部，向洞庭之南的湘阴一带发展。这期间，周和已无力与官军分庭抗礼，只好转而打家劫舍、骚扰百姓。这样一来，居住在湘阴一带台地上的百姓纷纷南逃，其中一部分百姓逃至团头湖边的高地上，搭起窝棚，居住下来。这里树木众多，有柴可取；这里紧临湖边，用水方便，是理想的"柴方水便"之地。很多逃亡中的百姓闻听后，纷纷改道辗转来到此地。以致在几个月的时间里，这里成了一个人口众多难民村。为作长久打算，难民村里推举了为人强悍的谭保天为一村之主。谭保天也不负众望，凡办大小事情都井井有条，因而把一个来自四面八方的难民村治理得井然有序。一天晚上，谭保天刚刚入睡，一个身穿白袍、头上有角的白老人飘然而入。谭保天正待开口问老人有何事来此时，白袍老人先说话了：你们落难来此，可知我是谁吗？谭保天说：倒也不知。白袍老人说：我居住在这湖中不知其年了，要告之众人，湖中多有深潭，不可擅闯。谭保天正想问哪些地方有深潭时，白袍老人突然离去。谭保天翻身跃起，方知是梦。醒来之后的谭保天想，这白袍老人倒很是关心我们这些逃难之人，然而，这白袍老人是谁呢？第二天早饭后，谭保天把梦中之事说与一些上了年纪的人听。众人听了谭保天对梦中白袍老人的描述，都一齐说：那是龙王呀！在之后的议论中，众人都说，既然团头湖中的龙王如此关爱逃难百姓，那么我们这些落难之人也不能白白地享受龙王爷的恩典。于是谭保天晓喻各家，每逢初一和十五到湖边祭拜龙王，以保各家人丁无水厄之灾。日子长了，有的人都提议，如此分而祭拜多少有些不敬，不如建一庙堂，供上龙王的庄严宝像，平时可分而祭拜，每年二月初二日龙抬头日可众姓集中大祭。这一提议得到众难民的赞同。于是以谭保天为首，很快筹集了银钱材料；又经占卜，认定伸入团头湖的那嘴上为一方吉地。于是，在是年八月初八动工兴建团头湖龙王庙。是年冬至日那天，庙成，并举行了开光大典。此后，人们将团头湖龙王庙所处的那地方，称之龙王嘴。龙王庙是建好并开光了，可是，龙王爷平时的香火只能轮流照看，这样一来，一年之中家家都要轮流值守，多少有些不便。也就是这个时候，周和带领的那伙强盗在湘阴一带受到刘琪的官军以沉重的打击，周和变成了真正的单兵独将。但到此时，他仍不死心，一心还想再搞出点动静来。不久，他化装成一个跛脚的讨饭人来到团头湖边的难民村。白天，他沿门乞讨；晚上，他窝宿在团头湖龙王庙。一个月下来，难民村里的人都认识这个跛脚的花郎，跛脚花郎也不多说话，终日在难民村里游荡，一副孤苦伶仃的样子。这事被谭保天知道了，他寻思，龙王庙里无人值守，这跛脚花郎无家可归，让他住进龙王庙，一来可照看庙里的香火，二来也使其有个固的住地，这不是两全其美吗。有了这想法，谭保天与众姓商量，众姓也是一口赞同。于是装扮成跛脚花郎的周和从此就正式住进了龙王庙，成为堂而皇之的庙祝。成了庙祝之后的花郎，心里不安分了。他开始时向难民索要好饭好食，接着开口索要银钱，再后施用隐身之术，进入难民家中奸污妇女。这样一来，难民村里人心惶惶。谭保天为保境安民，组织人员打更巡夜，仍无济于事。一天晚上，端坐在神案上的团头湖龙王对庙祝说：汝本一介花郎，现在有了安身之所仍不满足，我看在眼里多时了，趁早悬崖勒马吧。庙祝冷冷地回答说：要我悬崖勒马并不难，只要你向众家百姓报个梦，要他们中的男丁都随我而去。龙王问：随你往何去？庙祝说：随我反天下。龙王一听大怒，斥道：当今天下乃赵姓皇上的天下，汝有何德能，敢于反之？庙祝也来气了，大声说：你敢教训我，不怕无家可归吗？龙王喝道：大胆，我叫你死无葬身之地！龙王的话刚说出口，只见那庙祝口中念着什么，接着祭来赶山神鞭。龙王正想召集水族前来擒拿，那庙祝早已跳出庙门，举起赶山神鞭猛地一扫，一座好好的龙王庙就这样被其扫入湖中，沉入湖底。龙王在仓促中指挥水族与之格斗，但这些未见大世面的水族，哪里是经历过洞庭湖大风大浪的庙祝的对手，一个个被打得晕头转向，一个个被打得脚手不全。此时，扬扬得意的庙祝又作起法来，用力将赶山神鞭向湖中一指，顿时，水势陡涨，直涨到淹了龙王嘴，又看看要淹到难民村了，情况非常危急。难民村住着众多难民，此时正是熟睡之时，如果继续涨水，众多生灵便在梦中成为冤鬼。龙王战不过庙祝，又不忍心百姓遭受灭顶之灾，只好转而向庙祝求情说：且慢，有事好商量。庙祝横蛮地说：商量不商量，你先下跪再说！老迈的团头湖龙王没有办法，极不情愿撩起白袍，准备下跪。可就在这个当口，一道白光闪过，一柄闪着寒光的利剑从天而降，不断地在庙祝面前晃动。庙祝仔细一看，这剑似曾相识。正当其分神想着的时候，有人说话了：你好大胆，叫你一道归顺，你却来此作恶，真是该死！庙祝听其声音，才知道是主子刘花山来了，先是心里顿了一下，接着又想，既然到了这个份上了，不如一干到底。于是举起赶山神鞭，照着刘花山的面门打去。刘花山是何等了得，立时跳进圈子，手持宝剑，直取庙祝的咽喉。这一剑刺得好猛，庙祝不及回手，便一命呜呼，只见鲜血染红湖水，湖水立马下降。团头湖龙王回过神来，将这一切告之了梦中的谭保天。第二天早晨起来，人们发现，龙王嘴上的龙王庙不见了，都感到奇怪。谭保天来到人们中间，一五一十将龙王报的梦说给大家听，众人才知原委。此后，人们为了感恩刘花山，将难民村东边的高地取名花山岭。也为了感谢谭保天为大家办事，将难民村西侧的高地取名谭家山。

此后，龙王嘴东面的团头湖里，出现了又一个深潭，名为龙王潭。据说在团头湖水浅时，龙王潭底的龙王庙隐约可见。有人撑船在此经过，其船篙插下去，还能听到瓦片掉落之声。正因为如此，龙王嘴一直没有人敢于上去建房居住，也没有人敢于上去砍伐林木。人迹罕至使这里树木自然生长得又高又大，又高又大的树林成为鸟的乐园，每逢春夏的早晨，这里起飞的百鸟遮住了半边天，成群的鸟儿们悠然自得地在团湖中觅食；每逢秋冬的夜晚，这里百鸟和鸣，仿若人们在一起说着悄悄话。就是在这具有诗意的地方，造就了诗人刘德勋。现年七十二岁的刘德勋，初中毕业之后，便与诗结缘，其创作的格律诗，曾先后获 2005 年首届中国文艺《金爵奖》诗词最佳奖、2006 年纪念中国共产党建党周年《和谐杯》诗词大赛一等奖、2007 年中华诗词创作成果终身成就奖等十多个全国大奖。

近年，在龙王嘴的北边，有一条水泥公路经过，在团湖边也修了简易公路，这就方便了人们近观龙王嘴，龙王嘴虽然不便上去，但龙王潭还是可以泛舟的。这里的人们说，如果在泛舟时，真的探到了龙王庙大殿的屋顶，那就是好运气来了。

官堤湾

在鱼花港耕读园的北端，有一处地名叫官堤湾。柳林江在由北向东大拐弯处，其南侧还有一个小转弯，官堤湾就在这小拐弯的地方。据说清乾隆初年修筑祠堂围时，这一段堤几筑几垮。是时，朝廷对围挽堤垸开始有两种不同的看法，一种看法认为，时逢盛世，人口增加，围挽堤垸能解决百姓的生存之道；另一种看法认为，围挽湖田洲土侵占河湖面积，对行洪将造成影响，应予禁止。就是在两种看法还在争论的时候，居住在这一带的杨、汪、陈等姓，联名上书县衙，要求围挽祠堂围。知县参照雍正朝鼓励围挽堤垸的陈例，拨付了一些钱款。其实，在上报县衙之前，众姓就已经开始了紧张的施工，也就筑那段几筑几垮的堤防。有了官拨银款，众姓硬是很快将那段堤防筑起来了。到了乾隆十八年（1743年），朝廷终于采纳持禁筑围垸官员的意见，严令新筑堤防围挽堤垸。消息传到长沙，长沙知县命人亲临现场，监督刨毁已成之堤。众姓哪里肯听，暗地里疏通关系，官府来的人也就睁一只眼闭一只眼，敷衍过去了。官府的人一走，众姓又开始紧张施工，只是官府没有银钱拨付了。没有官府的支持，所修之堤相对单薄矮小，与原来修的那段堤形成强烈的反差。有人问起缘由，众姓都说，那段堤是官修的，这段堤是民修的，因此，有此差别。此后，人们称那段几筑几垮的堤为官堤，官堤处在河湾，因又称官堤湾。

据传，祠堂围修成不久，官堤湾那里就出现了一件奇事：每天傍晚，总有一只黄母鸡，带着一群鸡崽在堤边觅食。一些好奇的人为了看个究竟，每天午后便携带板凳坐在堤边，等待那母鸡带崽的景象出现。可是等来等去，总是不见。一些不太相信有这等事情的人，不去等着看，一心在自家新的永业田里做事。一个名杨福田的人，这天在田里栽插秧苗。一丘八亩大丘插了一天还只插得一半，眼看太阳只有丈把高了，照在柳林江上波光闪闪，照在新修的堤坡上金光烁烁。杨福田无心看这些晚景，双手只顾分秧插秧，插完了几十把秧，腰实在痛了，猛地一伸腰，奇迹出现了，一只黄鸡婆，带着一群鸡崽正在堤边行走。杨福来以为自己的眼睛花了，连忙就着田里的水洗了手，然后用衣角擦了擦眼睛再看，这一下看清了，鸡崽随着黄鸡婆正跑向一棵柳树下。此后，杨福来逢人便说，官堤湾那里过硬有一窝鸡。杨福来从来不说假话，这是大家公认的。于是这话一传十，十传百，终于传到一个排客的耳朵里。排客认为，这地方要么是有地脉，要么是地下有宝，据杨福来亲眼所见的说法，这地方地下有宝的成分居多。如果是有宝，那发财的机会就来了。于是，排客暗地里开始到这里寻起宝来。其实，在排客打主意之前，早就有人在想寻宝了。此人就是梅有财。他是个外地人，在当地无亲无戚，人称"独脚菌子"。独脚菌子很有心计，听到奇闻后认为，这些鸡婆鸡崽都是黄色的，肯定是金子变的，只要抓到一母鸡或鸡崽，就是抓到了金子。如何抓到鸡呢？他一个人在家里冥思苦想，终于想出一条好计策。这好计策就是在官堤湾的柳树下装上机关夹子，鸡婆鸡崽不是总是到柳树下去吗，就把夹子装在柳树下。独脚菌子马上做起了夹子，夹子是两块竹片和一个竹弓做成，然后用一口铁钉钉在一起。他家里没有铁钉，只好到后屋任木匠家里去借。任木匠倒是爽快，随手从脚篮里拿了一口铁钉给他。夹子很快做好，独脚菌子趁晚饭时人们都守在家，便悄悄地将夹子装在那柳树下。排客也想到黄鸡婆和黄鸡崽就是金子，只是他不用夹子，而是用"毛法子功夫"。说来也巧，两个人都在同一天夜里来到这里。这天夜里月黑风高，伸手不见五指。排客先到半个时辰，他摸索着接近柳树，再一伸脚，碰着了柳树下的夹子机关，右脚被夹住了，顿时痛得身子一歪，几乎倒地，就势坐下来，使劲掰那夹子。也就在这时，独脚菌子也到了，摸索中似乎听到了夹子弹起的响声，便加快了脚步。走到柳树下后，好像一堆黑影在不断地动弹，他想，肯定是套住了宝贝。心里一喜，上前就把那黑影压住。谁知那黑影腾出两手来，使出"金蝉脱壳"的招数，将压在身上的独脚菌子掀翻在地，并乘势站起身来，准备再来一个"定身法"，将来人"定"在一旁。当他抬脚上前时，那右脚被夹子拖住了。原来那夹子是紧紧地拴在柳树上的。独脚菌子受到突然而来的袭击，在地上打了几滚，正准备站立起来，却被一只脚绊了一下。

此时，那排客已把柳树上的绳子弄断，右脚带着夹子走出几步，正待寻找来人，心想将其置于死地。突然，只见白光一闪，一把雪亮的斧头横在排客眼前，前胸衣襟被一只粗大手抓住并提得整个身子快悬了起来。排客一惊，连呼好汉饶命！黑暗中有人说话了：你为何来此，说真话留你小命，说假话莫怪无情。排客的右脚上被夹子夹着，眼前有闪着白光的斧头，身子被提得只有两只脚尖着地，纵有通天的法术，也是使不出来，只好如实说出是来寻宝。独脚菌子从地上爬起来，听到说话，知道是任木匠，便胆子大了，摸到排客后面照着其后脑就是一拳。这一拳打得排客脑壳向前一点，恰好碰在那把雪亮的斧头背上。排客前后受打，顿时云里雾里神经错乱，什么武功、什么毛法子全都废了。可独脚菌子还要抢任木匠的斧头打排客。任木匠知道排客伤得不轻，不能再打了，便松手将排客放下，大声说道：你独脚菌子也不是好家伙！他是来寻宝，你也是来寻宝，这宝为众姓所有，不能独吞，都回去安守本分吧。独脚菌子无话可说，立即走了，排客还在那里不动，任木匠来火了，斥道：还不走，还想做么子？排客央求说：请你老将我脚上那家伙除掉，我马上就走。任木匠蹲下来，摸到排客脚上的夹子，用斧头砍断夹子的机关，这才将排客脚上的夹子取出。排客说了声多谢，便消失在黑暗中。从此，这里再没有人敢来寻宝了，这宝呢，也就一直藏在官堤湾堤边的柳树之下。

官堤湾的人就这样，靠着自己的双手创造财富，靠着自己的勤劳守护着家园，也守护着这柳树下传说中的宝贝。据说到了二十世纪八十年代中，有人在柳树下挖泥掺入煤中，竟然挖出四块青砖，青砖下有一窝金锭子。这金锭子放在家中久不示人，竟然变成了光溜溜的卵石。

马头岭

在鱼花港芙蓉园南湖的西南岸边，有三个地名，都与马有关。其一为马头岭，其二为鞍子山，其三为南子马。三个地名中，马头岭较为著名，且在有些地图上能够找到。平坦湖乡，水乡泽国，人们都是以种稻、捕鱼为业，从不养马，何以有地名以马为名呢？

相传清顺治初年的一天，徐家坪徐姓族中出生一个男丁，按照徐姓派系，这男丁为"大"字派，于是取名曰大武。大武周岁日那天，父母照例举行"抓前程"仪式。桌子上放着一本书、一个算盘和一柄用于避邪的铁铜。大武爬上桌子后，将那本书丢于桌下，将那算盘推到一旁，欣然地抱起铁铜后，露出得意的微笑。转眼大武七岁了，理应入学读书，父母便将其送进徐家祠堂的族学馆里。可谁知道，送他的父母还没有进屋，大武却早早地回到了家里。此后，几送几回，父母也没那耐心了，只好任其在家玩耍。大武十一岁时，经常到离徐家坪不远的青峰山上去玩。那天，大武在青峰山上玩到太阳下山的时候，从山下来了一个骑着高头大马的人。大武好奇，便走近去看了又看。此后一连几天，那骑马人天天都是日落时来，这大武也是天天看了又看。那骑马人见这孩子一脸稚气，却又长得牛高马大，便有意问其姓名。谈话间，那骑马人觉得这是一个有造化的人，便约定大武每天日落时来到山上，他将传授祖传养马、驯马和骑射秘法。说来也巧，从未进学堂门的他，竟然将所传之法一一记在了心中。大武十八岁后，便向父母要了些盘缠，离开了家。在外游荡几年，大武在乌山结识了一位武师，学习了十八般武艺。武术出师那天，师父照例"以打出师"，并且约定，只要能打败师兄师弟，最后还能打败师父，便将家里唯一的白马相送。几场较量下来，大武胜了。师父说话算数，毫不犹豫地将白马送给了他。大武骑着白马，告别师父，又开始了游荡的生涯。这一游游到乔口南湖西南的高坡上，看到这里水草丰茂，便搭上草棚，定居下来。不久，那白马产下一只小白马，大武欢喜之余，一边在附近收徒教武，一边驯起马来。徒弟越来越多，徒弟们拆了原来草棚，为师父建起了三间瓦屋。那小白马经过训练，能听懂人话，能理解人意，随着小马的长大，周边的人们都知道这里有一聪明的白马。这事传开，有马贩子从柳林江乘船过来卖马。大武此时也确有了些本钱，也就买了一雌一雄两匹青色成年马，这两匹马第二年就产下小马驹。十年下来，徐大武这里已是马匹成群了。马多了，大武驯马更加用心，将马群分成三起，一起以老白马为头，圈在居所周边，一起为断奶后的小马，另行圈养，一起为成年大马，是训练的重点。这时，人们看到，成年大马每天从列队、越障、奔跑、泅水等项目练个不停。康熙十三年（1675年），吴三桂反清，率叛军从云南一直杀到湖南，且将衡阳作为基地，不断向北发展。是时，朝廷派旗兵镇压。旗兵世居北方，不习水战，只善马战。然南方少马，这就给平叛带来困难。于是，急令长沙、岳州等府到民间征集马匹，集中训练之后，即上战场。消息传到乔口南湖，徐大武二话不说，连夜赶着十匹训好的成年马，赶赴长沙。此时的长沙协操坪，马匹云聚。在集中训练中，从四面八方征集而来的马，不是欠缺体力，就是听不懂口令。急于求成的兵丁一气之下，用鞭子抽，用木棍打，但仍无济于事。徐大武看在眼里，一直不作声。直到轮到他的马队出场了，徐大武一声口哨，十匹马齐刷刷站成一排，随着徐大武的口令，那马时而腾跃，时而前蹄腾空直立起来，时而缓步后退，在场的人都看呆了。管事的兵丁一看，连忙告之协统，协统看过之后，又连忙告之主将。主将二话不说，立即将徐大武的这十匹马编入军中，开赴前线。长沙知府得知此事后，连夜召见徐大武，夸奖之余，决定授其为官，随骑兵出战。可徐大武说：要我去打仗，我不怕；要我当官，我不行，因为我不认得字。就这样，徐大武进入军营，仍然编在他那马队里。这支马队在徐大武的调教下，不但熟悉了战阵，而且敢于冲锋。在株洲渌口一战，将吴三桂的军队冲得七零八落。徐大武因此立了大功，旗军首领又要封他的官，可又被他拒绝了。平定了吴三桂叛军后，徐大武解甲回乡，准备仍然回到南湖边驯马。可这时，他的妻子已将所有马匹出卖，并连同家什一起搬回徐家坪了。徐大武只得回到一别几十年的老家，以种田维持生计。但他仍然教子孙习武，因此后来一连多代，徐家都出了武人，特别是他的第五世孙徐书缮，咸丰年间从军，后官至记名提督、浙江总镇，诰封建威将军。南湖边上的马没有了，驯马的人也走了，人们对这地方难以忘怀，于是为那母马的圈地取名马头岭，为那圈小马驹的地方取名南子马，为那训成年马的地方取名鞍子山。

后来，马头岭上先后居住了几户人家。经过几百年的繁衍，几户变成了几十户。几十户人在马头岭上开垦荒地，开辟橘园，开辟茶园，年年的收获自给以外，还从南湖运出销往外地，马头岭因之又出了名。现在的马头岭，有宽阔的水泥路通往外界，有高大的林木掩映村庄，有堂皇的别墅依次坐落，更有不绝的欢声笑语。如果从南湖乘着游船，在马头岭靠岸，拾阶进入当年徐大武驯马的地方，人们一定会不自觉地惊呼：这真是好地方呀！

第五章　寺庙香火

　　在漫长的农耕生活中，鱼花港的人们一方面人人勤劳克家，一方面家家寄托着朴素美好的愿望。这种愿望，汇成这里民俗信仰的主流。西天之佛、道家之师、历史之尊，等等，都成了这里人们膜拜的神圣。故这里虽地处平坦的湖乡，却不乏宏伟壮丽的寺庙，寺庙里不乏至虔至诚的香火。

蓝塘寺

　　蓝塘寺坐落在鱼花港芙蓉园中部的公主溪西边。这里，离团头湖不远，土地平坦开阔，站在数里之外，便可眺望到其绿林掩映着的红黄色轮廓。人们循着一条宽敞的水泥大道，穿过一片花海般的农田，便来到了蓝塘寺。这是一座颇具园林风格的建筑。首先是高大的仪楼。仪楼为六柱五开间三层，黄色琉璃瓦饰屋面，墙面呈浅红色。正中开有拱形大山门，大山门两侧有联：

　　　　蓝天空阔　汇衡岳云涛　五显通灵施化广
　　　　塘宇恢宏　览尧风煦照　三农泽惠颂功高

　　一对石狮憨态可掬，蹲立于大山门两侧。大山门上方墙面上大书"蓝塘寺"三字。深红色墙柱和棕色横饰将山墙分成八块方形开光，开光内彩绘八仙飘海的故事。仪楼与实体围墙相连，实体围墙呈正方形拱卫着整个寺院。抬脚迈入大山门高高的门槛，眼前是宽大的地坪，地坪周围植有参天大树，大树上鹊鸟争鸣，置身其间，颇有几分"锦官城外柏森森"之感觉，也有几分"隔叶黄鹂鸣好音"之意境。于大坪向东北行三十余丈，便是寺院主体。寺院主体有四进三开间，前为牌楼形山墙，山墙中开有拱形大门，大门侧亦有联云：

　　　　华拥休墟　宇殿重光　千秋盈浩气
　　　　光钟灵秀　湖山永隽　万庶仰韶辉

　　山墙与前进相连，前进两侧，东为寮所，西为马夫老爷和石马。中进东为钟楼，西为鼓楼。三进为正殿，正中供奉五显灵官菩萨神像，其楹柱上有联：

千载威名元帅府

四围山色拥幽居

后殿东侧供奉观音菩萨，西侧供奉财神菩萨，中间供奉肖氏显聪、显明、显正、显直和显德五兄弟神像。诸神佛像前，均设有香案和拜席。寺院主体之东，建有戏台和可容千人看戏的剧场。寺院主体之西，建有僧房和"蓝塘"庙王土地神社。

蓝塘寺的得名源于寺侧有深塘，深塘东有一株高大的兰树。据说蓝塘寺本名五王庙，五王庙易地重建时，当地读书人刘迪力主将五王庙易名蓝塘寺。人们问其缘由，刘迪说，缘由有二，一则新址之侧有塘，塘侧有兰，合为兰塘；二则唐代高僧安然曾建有蓝塘寺，且有《泳蓝塘寺》一诗为证，诗曰：

兰若建蓝塘，秋山兰桂芳。

沙从金穴涌，山倚玉峰长。

众人仍不以为然，兰塘便是兰塘，何以改为蓝塘呢？刘迪说：君不见兰树之花是为蓝色，蓝色映入塘中，岂不成为"蓝塘"！也不就是诗中的"兰若建蓝塘"吗？这一妙辨，使得众人服了，于是，正式名其寺曰：蓝塘寺。

供奉五显灵官菩萨的寺庙，在长沙一地不是很多，但在这一带却有两处，一处是蓝塘寺，另一处是乔口大码头的五显寺。是何原因，五显灵官菩萨在区区几十里地的乔口，独享如此礼遇呢？这要从五显灵官菩萨的成佛过程和在这里显圣的传说讲起。

据传，五显灵官菩萨原是西天佛祖释迦牟尼座驾前的妙吉祥童子，因杀死独火鬼王，被贬入马耳山娘娘腹中投胎，生下后有三只眼，自称华光大帝，后因偷紫微大帝的金枪再次被贬，投身于炎玄天王家，长大后又因打死了太子，又一次被贬，只得托生人间的肖家庄。肖家有五兄弟，分别名为显聪、显明、显正、显直和显德，显德即是华光，为五兄弟中为最小，故称五显。五兄弟都有了不得的本事，但都比不上华光。《诰书》上说：

> 一郎吞天天又转，二郎吞地地又崩。
>
> 三郎吞风风又起，四郎吞水水又浑。
>
> 只有五郎神通大，身坐宝台踏火轮。
>
> 头戴青纱青如织，葫芦药笼带在身。
>
> 眉清目秀年又小，文韬武略大英雄。

一天，华光瞒着家人，上西天去找佛祖去了。佛祖问他有什么本事，华光说，本事比以前大多了，接着反问佛祖，你还能制服我吗？佛祖也不说话，将袈裟一展，天顿时黑了下来，华光看不见走路，只好乱窜，这一窜蹿到路旁的一丛刺蓬里动弹不得。佛祖问华光，还能拿本事出来吗？华光说，天这么黑，还能拿什么本事。佛祖说，那么你被我制服了呀！华光只好求饶，表示日后遵守佛规，并请求佛祖将自己留在佛门之列。佛祖见华光服了，也有意事佛，便收拢袈裟，对华光说：封你为五显灵官菩萨，以后好自为之。此后，五显灵官菩萨一心向佛，灵佑一方。后浙江景宁县英川口为五显灵官菩萨建祠时认为，五显灵官既是佛门尊者，也是道家祀神，故迎请一尊头戴青纱、身穿白袍、三只眼睛的神像为其金身。并在其祠大门书联曰：

> 祠建飞瀑下
>
> 泽被佛溪中

此后，位列佛、道的五显灵官菩萨四处显灵除恶灭怪。清康熙年间，吴三桂拥兵反清，大队人马从云南直杀到湖南。一天，吴兵在乔口一带抢掠，百姓无处逃躲，正值非常危难之际，一个身穿白袍、三只眼睛的大将从天而降，挥动手中的长剑，将吴兵从乔口大码头一直追杀到团头湖边，吴兵死的死，伤的伤，其余的狼狈而逃，终于得救的百姓亲眼见证了这场恶战，也亲眼见证了这白袍三眼大将的神威。事后，大家认定，这三眼白袍大将肯定就是五显灵官菩萨，于是，就有了乔口大码头的五显寺和团头湖边的蓝塘寺。

　　每年农历九月二十八日是五显灵官菩萨的生日。人们认为，五显灵官是一位不拘小节的神佛，什么样的形式敬奉都是可以的。因此，在这一天，蓝塘寺特别热闹，方圆几十里的人们都要赶到这里，杀一只鸡，献上各色果蔬，焚香秉烛祭拜一番。地方上的头面人物则按佛、道两家的仪规，礼请僧人、道士大作法事。与此同时，还要在东边的戏院里，唱上七天七夜的花鼓戏，用以娱神。当然在娱神的过程中，更饱了百姓的眼福。因此，这里的人们，都巴望着九月二十八日的到来。

东岳寺

东岳寺地处鱼乐园南侧。这里虽然是一座三开间一进的小寺，但这小寺并不小气，也并非小而无灵气。东岳寺的门墙很讲究。山墙是三叠式牌楼形状，白墙黄瓦的檐肩两端饰着翘起的龙尾。上叠正中上方装着葫芦宝珠，宝珠下饰塑着彩色的二龙戏珠；中叠中间大书"东岳寺"三字，两边饰塑凤凰朝圣的故事。最下一叠的墙上塑有仙鹤、神鹿、扁蝠和飞仙，中间的拱形大门前，一边一只一米多高的石像。大门上方阴刻四字红色门额：福泽黎民。大门两边有联曰：

> 紫气祥云来东岳
> 佛光高照四方民

进入大门便是大殿，大殿里最先映入眼帘的是红色梁柱上的楹联：

> 晨钟暮鼓　惊醒四方名利客
> 经声佛号　唤回苦海迷路人

大殿上方正中供奉着关圣帝君神像。神龛、神帐、香案、香挂、拜席等一应俱全。大殿的前幅墙边，立有钟架和鼓架，架上的钟和鼓虽然不是很大，倒也与这小寺的规模相配。大殿西边的墙上，嵌塑着彩色马夫老爷和石马，这必不可少的神明伺者和坐骑，在这狭小的寺院里得到了很好的体现，令人佩服设计者的匠心。

东岳寺的得名源于一个久远的传说。很早的时候，一个名叫王飞虎的人，自称家住湖北石首，来到此地后，一面做工，一面弘道。有一年，地方上流行瘟疫，尽管王飞虎挖了一些草药，配了一些单方为人们治病，但瘟疫使得一些家庭因瘟疫而死人。一时间，这地方人心惶惶。有个所谓"仙师"趁此机会说，这是因为这地方的人前世在柳林江里作孽太多，致使后世遭到的报应，要免除报应，就要纸扎一对童男童女，沉入柳林江中，献给江中的龙王，之后瘟疫可除。使人为难的是，这纸扎的童男童女的名字和模样，必须与一对真正的童男和童女相对应，且这对真正的童男童女日后不能与任何人婚配。有谁愿意将自己的亲生儿女变成不能婚配的人呢？"仙师"只好放话说，要由他来选，选中了就必须上算，否则就要出二十担谷，作为开支。选来选去，仙师选到了王飞虎落住的陈福堂家。陈福堂恰好一儿一女，一个四岁，一个两岁，仙师一看就中，看中后丢下话说：要么报出名字，要么交二十担谷出来。陈福来听说自己的儿女被选中，急得神魂颠倒，不报出名字，就要交二十担谷，这谷从哪里来呢。王飞虎看到东家如此着急，便不慌不忙地说：东家莫急，我有办法来对付。说完在陈福来耳边如此这般一番。三天之后，仙师来了。进门就作法念咒，然后闭目入定。这时，王飞虎大声说：龙王来了！仙师吓得一振，睁眼一看，竟然是陈家的长工，便喝道：你是何人，敢来乱说话？王飞虎说：我有一事不明，想向仙师请教。仙师摆着架势说：只管说来。王飞虎问：你可曾见到龙王？仙师不语。王飞虎又问：如果陈家交二十担谷给你，你又交给谁呢？仙师还是不语。王飞虎再问：你作这些法事，能保准收住瘟疫吗？这时仙师恼羞成怒，举起那柄法剑，直向王飞虎刺来。王飞虎伸出右手的食指和中指，牢牢地夹住法剑。仙师抽也抽不出，刺也刺不动，只得请起"师父"念起咒来。王飞虎不念咒，只是将夹着的剑一扭，那剑便变成了一只大钩子。仙师知道碰了对手，只好讲和说：兄弟也是想混口饭吃，这事就到此为止吧。王飞虎说：现在地方上瘟疫流行，你却乘人之危，妖言蛊惑之余，还索要谷米，真是可恶！如不改悔，我将废了你！仙师一听，连连求饶说：这事我不干了，谷米也不要了。王飞虎这才将法剑拉直，丢给仙师。仙师匆匆收拾家伙，匆匆溜走。陈福来终于松了一口气，事后问王飞虎：仙师被制服了，可这瘟疫之事……王飞虎接过话说：这个放心，我今晚回一趟湖北石首，明天就有良药，说完便出门了。第二天一早，王飞虎就出现在陈家门口，只见他背着一捆草药，手提一个葫芦，进屋后就对陈福来说了一番话。陈福来依言，立即向每家发一株草药、发一粒葫芦里的药丸。并交代各家，用草药和药丸熬一大锅水，趁热分喝。各家依言喝下之后，瘟疫立即减势，三天之后，瘟疫消除。之后，大家都来问王飞虎：这草药和药丸如此神效，是来自哪里？王飞虎说：来自湖北石首东岳寺。陈福来听了，觉得有些蹊跷，既然来自湖北石首的东岳寺，为何他一夜之间能去能回？于是在那天吃中饭时，直截了当地向王飞虎问这事，王飞虎只是笑笑之后说：是托关老爷的神威也。原来，王飞虎是湖北石首东岳寺的道家弟子。这东岳寺既供佛像，也祀道家，药王葛洪曾在寺中种玉炼丹，后传教弟子，王飞虎是其第二十代传人。几年前，师父预感到乔江一带将有瘟疫流行，故托他来到此地为民消灾。王飞虎为地方上消除了瘟疫之事传到那个仙师耳中后，仙师内心想，你不但使我下不了台，还从此夺了我的饭碗，因而更加怀恨王飞虎。后经打听，王飞虎喜欢晚上看道家之书，且看书时用舌头翻书页。那仙师便乘陈家无人之际，背地里将砒药涂于书页之角。这天晚上，王飞虎照例看书，照例用舌头翻动书页，不想中毒而亡。王飞虎死后，众家百姓以道家之仪，为其举行隆重葬礼。第二年，众姓捐资，为王飞虎建祠，并塑王飞虎金身，进行祭祀。后大家合议，王飞虎来自湖北石首东岳寺，于是将其祠取名东岳寺。到了清光绪年间，王飞虎托梦地方众姓，说自己已在此享受几百年香火，现在像座已被白蚁蚀空，不要再为我塑像了，如真的念及我，就请迎关帝祭祀，以了我愿。就这样，当地众姓于清光绪二十四年（1898年），重修东岳寺，并迎请关圣帝君进行祭祀，直到现在。

东岳寺确实现存一尊铸于清光绪二十四的铁磬。说起这尊铁磬，又有一个故事。一九五四年这里遭遇百年不遇的大洪水，东岳寺在洪水中坍倒。世代为东岳寺伺候香火的陈一清一家，在洪水到来之际，全然没有顾及自家财产，却一心抢救了东岳寺内的寺产。后因诸多原因，东岳寺难以恢复，陈一清便将寺中神像等供于自家阁楼之上。二十世纪六十年代中期，有激进者前往陈一清家"破旧立新"，陈一清闻讯，将神像和铁磬窖藏于竹林之中，直到二十世纪八十年代重建东岳寺，陈一清才将神像和铁磬献了出来，并义务为东岳寺伺候香火。陈一清过世后，其老伴接过老头子的职责，长期为东岳寺打扫卫生、接待香客。现在的东岳寺，空间是那么洁净，摆设是那么井然，气氛是那么庄严，香火是那么旺盛。这旺盛的香火，难道不是这寺小而不小气、小而有灵应的写照吗？

永兴殿

在鱼花港耕读园的柳林故道江边，有一座颇为宏伟的建筑，这就是永兴殿。永兴殿的前面山墙为三叠三缝。最下一叠洞开三门，正中大门两旁有一对石狮虎踞，上方额有"神光普照"四个隶书大字，门旁有嵌名联曰：

永垂浩气通三界
兴复殿祠鼎万秋

东西两门虽无联语，却各饰有一只展翅腾空飞凤。山墙的第二叠塑有西游记的三幅故事画面，最上一叠正中大书"永兴殿"三字，三字两旁塑有一条云雾中的飞龙。走进大殿，感到其中文化气息颇浓。前进大殿正中是一硕大而华贵的神龛，神龛正中供奉关帝君神像，两边供奉着关平和周昌。神龛上额"亘古一人"四个金色大字，两边盘龙柱上有联云：

正大庄严 威灵丕显黎庶咸沾圣泽
今古攸昭 人天共仰遐迩均沐神恩

关圣帝君神龛的两边，又各有四个神龛，分别供奉杨泗将军、赵公元帅、南岳圣帝和释迦牟尼的宝像。这四个神龛装饰得也很亮丽，两边也都饰有楹联。如杨泗将军神龛的联曰：

雄武英文斩龙得道
平波息浪护国佑民

赵公元帅神龛联云：

> 九垒名尊金鞭耀武
> 三天望重铁面扬威

南岳圣帝神龛联云：

> 圣灵无叩即应
> 帝德有感遂通

释迦牟尼神龛联曰：

> 佛法无垠广种栽培之果
> 威灵有感宏开赐福之花

一共五个神龛一字排开，五个香案并排而立，香案上香炉、签筒、油灯等井然有序。厚重的铁钟和红色的大鼓悬于东西梁上。后进供奉观音菩萨和韦陀尊者，观音菩萨面北而座，其神态安详而慈善。其神龛侧的联语亦有些禅意：

> 万古法身慈悲广大
> 千秋妙相誓愿深宏

神佛甚众，对联甚多，亦谒亦读，令人感到耳目一新。

早年，在团头湖一带有供奉关圣帝君的五殿，即城头殿、大山殿、赤金殿、先锋殿和永兴殿。永兴殿是五殿中最靠北、离团头湖最远的一殿。据说，永兴殿的选址重建，经历了一段惊动皇上的故事。传清康熙年间的一天夜间，大清皇帝康熙还在养心殿批阅奏章，正当他手持朱笔，在上书房大臣索尼请求撤藩的折子上批阅百余字，最后写上"钦此"之际，突然，一声巨响，将康熙手中的朱笔震落，掉在龙案上。朱笔虽然掉落，但康熙心里十分笃定，立即命小太监传来司天太监，问明缘由。司天太监答道：此乃洪钟之声，来至南方长沙城内，奴才闻明代亦有此钟响过，史载是关帝显圣。康熙一听是关帝显圣，顿时龙心大悦。此时的康熙心里想，朕正在批阅撤藩的折子，三藩中吴三桂、尚可喜、耿精忠三个藩王，都封在南方，而此时关帝显圣也在南方，说明撤蕃有神明保佑，朕不免借机巡视南方，一来拜谒关帝，二来以观三藩动静。于是密传圣旨，择日微服巡视南方。康熙带着几名随从，扮成商人模样，一路游山玩水，不几日便来到湖南。在省城长沙坡字街茶坊里喝茶时，与茶客交谈中得知，长沙县乔口团头湖周边有供奉关帝的五殿，其中永兴殿有大铁钟，不撞自鸣，鸣则惊动天地，明正德皇帝曾经惊得跌下龙椅。次日一早，康熙一行乘舟来到乔口，但见街上乞讨者成群，其心里顿时不悦。走出街区，又见农舍房屋多有倾倒，康熙没说一句话。中午时分，一行人来到团头湖边，只见这里湖水倒映青山，湖中渔船来往。康熙这才手摇折扇，脱口赞道：真不让西湖也！回头一看湖岸，再见到一些农舍东倒西歪，脸上的笑容又没了。这时太监三德子奏道：皇上，供奉关帝的五殿就在湖边，是否大驾光临五殿呢？康熙说：是当前往。于是一行人从城头殿到大山殿，又从大山殿到赤金殿，再从赤金殿到先锋殿，游了四殿，还是没有看见那口不撞自鸣的铁钟，康熙想，那铁钟肯定是在最后一殿了。可这时天不早了，同行的人都劝谏康熙不去也罢，可康熙坚持前往。在天快黑时，一行人终于来到永兴殿，终于看见了一口厚重的大铁钟。一个白发庙祝看见这几个远方打扮的人，连忙张罗着点燃香烛，康熙在关帝面前上香三炷，机灵的三德子趁机摇动签筒，一支长签应声落地。三德子拾了起来，康熙从三德子手中接过一看，上面居然写着：

非是大清君不明，只因知县不恤民。
非是大钟惊龙驾，钟声之内有吉音。

康熙看后，心中大喜之后又有大疑，这"只因知县不恤民"说是是何意呢？康熙命三德子再抽一支签。三德子遵旨再摇签筒，又一支长签落在地上，三德子又捡起送给康熙，康熙一看，又是四句话：

摇落三秋叶，催开二月花。

过江三尺浪，入竹万杆斜。

康熙眉头一锁，这不是风吗？这风与"只因知县不恤民"有何关联呢？踱了几步，叫来庙祝问明原委。庙祝把十天前的风暴，绘声绘色讲述一番。康熙用折扇敲着自己的手掌说：这就是了，先前在团头湖边，见许多民房东倒西歪，难道不是被风吹成那样的吗？吹成那样无人过问，岂不是知县不恤民吗？想到这里，康熙对随行人说：连夜回长沙。三德子闻声便出去找船去了。趁这当口，康熙向庙祝问明这铁钟的来历，庙祝告诉他，这铁钟据说是在早年干旱期间，柳林江断流，人们在江底发现的，那时正好这永兴殿内没有铁钟，人们便将其移入殿内，到现在又不知多少年了。康熙还想问这铁钟为何不撞自鸣时，三德子来了，一行人立即起身向柳林江边走去。时永兴殿离柳林江有五里之遥，有些劳倦的康熙一边走一边自言自语：要是这永兴殿就在柳林江边就好了。说者无心，听者有意，那三德子着实记住了这句话。康熙一行人从回到长沙。几天后，康熙在长沙城中察访，得知长沙县在最近遭受特大风灾，尤以新康、河西、锦绣等六都损失最重，而长沙知县一直不闻不问。康熙拍案而起，命人叫来长沙知县，责问其是如何应对新康、河西等六都的风灾的。那知县吞吞吐吐，说不出所以然，只好跪地认罪。康熙当场将这知县削职为民，命县丞署理知县事务。县丞拜退之后，三德子立即追上县丞说：乔口永兴殿内的关爷很有灵气，皇上日后还想乘船去拜谒，不过皇上从永兴殿出来时说，要是永兴殿就在柳林江边就好了，这事你看着办吧。那县丞哪敢怠慢，上任第一件事就是按照同样的规模和规制，将永兴殿移建至柳林江边。因此也就出现了团头湖五殿中，只有永兴殿离团头湖较远的格局。

此后几百年中，永兴殿几次遭受洪水淹没，故也经过了几次重建，但其地址一直处在柳林江边。如今，永兴殿内供奉的神佛，每尊都宝相庄严，神形兼备。唯有那口不撞自鸣的大铁钟，不知何年何月何时去向不明。据说，自康熙巡游永兴殿后，这大铁钟再未鸣响过。有人说，这大铁钟在一年大水中，又被冲走沉入柳林江中。还有人说，那年日本鬼子沦陷乔口时，听说这大铁钟不撞自鸣，便派船来偷运，装着铁钟的船刚从柳林江边出发，立即刮起大风，大风把船掀翻，四个押运的日本鬼子当场被淹死，那铁钟也沉入了江中。值得庆幸的是，永兴殿虽然没有了不撞自鸣的大铁钟，但其香火旺盛，地脉不断，人文蔚起。特别是近年，来这里的远客络绎不绝，他们怀着愉快的心情游览，怀着虔诚的心情拜谒神佛，也怀着好奇的心情听着那大铁钟的故事。

飞凤山

在离水矶口不远的东南地带的杨家屋场，有一座庙宇，名字叫飞凤山。飞凤山庙规模不是很大，也就是两进三开间。其前山墙也是牌楼形。白色的墙面分成九大开光，上方三个大字：飞凤山，中间是一幅仙人居山瓷质国画，下面是大门，大门两边为信士杨延寿捐赠的对联，联曰：

关公虎踞　万民宜笃敬
大帝龙盘　百姓享安康

对联前方，一对充满笑容的石狮蹲踞着。两边上方开光内饰有飞凤，下方墙面饰有八仙飘海的故事。前进大殿内有关圣帝君神龛，龛额"浩气凌云"四字，神龛两边有联云：

匹马斩颜良　河北英雄齐丧胆
单刀会鲁肃　江南名士尽低头

神龛内的关圣帝君，蚕眉双卧，凤眼微睁，赤面威严，长须飘逸，似在静观大千世界。神龛前的案几上，青油灯花跳动，三牲肴馔闻香。案几前的香架上，三根巨香青烟直上，两支大烛红焰高烧。肃穆而庄严的气氛，令人神情顿生虔诚之感，顿行拜谒之礼。转入后堂，只见观音菩萨神龛面东而坐，神龛两边有联曰：

佛法无垠　脚踏莲花千朵叶

神通有感 手持杨柳一支枝春

龛内莲花座上的观音菩萨面如满月，形态慈祥，双手合十，似在为人祈祷福祉。

飞凤山庙周围地形，并无山的态势，不觉使人产生疑团，这供奉一神一佛的小寺庙，何以有一个飞凤山的名字呢？带着这个疑团来到当地农家，听了一个久远的故事，疑团终于解开了。这又是一段很神奇的传说。据传，很早的时候，这里有座洞庭寺，就在柳林江边的泻湖边。寺里也是供奉着关圣帝君和观音菩萨。由于洞庭寺处在湖边，地势相对低，故经常为水浸没。在柳林江中蜗居了不知多少年的一条孽龙，看到金碧辉煌的洞庭寺殿宇，心是很是妒忌，只想在什么时候，占为己有，也好享受人间香火。经过一番思考，孽龙决定利用自己水上本事，将寺庙中的神佛打败，之后占庙为神。那年五月十三日，正是关老爷生日，洞庭寺信众照例举行庙会，以庆祝关爷神寿。庙会很是热闹，先是祭祀大礼，再是关帝巡游，紧接着是路祭。路祭就是关帝神像每到一处，由所在地方分设祭案进行祭祀，祭祀之后，还要唱对子花鼓或者舞龙耍狮，用以娱神。是时，洞庭寺周边有杨、汪、任、陈等四大姓，四大姓都不示弱，争相拿出本族看家本事，把路祭搞得精彩纷呈。这样一来，庙会持续的时间长，影响大，方圆百里都有人前来看热闹。这看热闹的人中，有一个人有些特别，这就是醉醺醺的吕洞宾。还有个人也很特别，这就是变成讨饭花子的孽龙。杨姓人多，便大度地提出，杨姓最后进行路祭。一来是杨姓是为大族，实力雄厚，二来是最后一天，因此这天也就人最多。这天，杨姓不但出动了二十七把的双龙，也出动了八对形态各异的彩狮，还有边唱边舞的对字花鼓。对字花鼓在最后演出，所以这时的人数达到了前所未有的高峰。在宽大的地坪中，只见一个放牛小伙子与一个洗衣村姑，一问一答，正在盘歌：

放牛郎唱问：

妹子说话莫争先，我今来问八洞仙。

什么神仙是头洞？身上穿的么子衣？

手里拿的是什么？么子地方现神奇？

洗衣村姑立即答唱道：

头洞神仙汉中离，身穿八卦紫罗衣。

手中拿的绒毛扇，洞庭湖里现神奇。

此后就是一句比一句紧的唱问和唱答。

问：二洞神仙是何人？身背什么不离身？

什么地方把酒饮？什么地方敬寿星？

答：二洞神仙吕洞宾，身背宝剑不离身。

岳阳楼上把酒饮，蟠桃会上敬寿星。

问：三洞神仙是何人，什么地方得为神？

随身带着什么草？他的福寿多少春？

答：三洞神仙张果老，梭罗树下得为神。

随身带着长生草，福寿二万七千春。

问：四洞神仙是何人？什么不做做平民。

学得谁的宫商曲？手里弹的什么琴？

答：四洞神仙曹国舅，有官不做做平民。

学得孔明宫商曲，手里弹的七弦琴。

问：五洞神仙是何人？手拿什么步步移？

身背什么口出烟？什么地方得为仙？

答：五洞神仙铁拐李，手拿拐棍步步移。

身背葫芦口出烟，火龙山上得为仙。

问：六洞神仙是何人？手提什么显神奇？

吃得什么列仙界？什么地方穿单衣？

答：六洞神仙蓝采和，手提花篮显神奇。

吃得仙桃列仙界，冰天雪地穿单衣。

问：七洞神仙是何人？口吹什么彩云里？

几度谁人黄河过？回到家里几度妻？

答：七洞神仙韩湘子，口吹笛子彩云里。

九度文公黄河过，回到家里十度妻。

问：八洞神仙是何人？能言什么断吉凶？

什么山中拜师父？师父又是何许人？

答：八洞神仙何仙姑，能言祸福断吉凶。

茶山之中拜师父，师父就是吕洞宾……

这对少男少女，长相好，身段好，唱得也很好，围观的人都看得忘记了一切。可就在这时，那讨饭的花郎突然急步向洞庭寺走去。吕洞宾也看呆了，尤其这对少男少女唱到的是自己，因此他更为开心。正当他陶醉其中时，突然心里有所不适，猛一扭头，看见那花郎正到了洞庭寺。吕洞宾早就看出这不是一个善类，现在又独自离开，肯定图谋不轨。他无心看下去了，只见他将尘拂一甩，大步赶了上去。此时，那孽龙已变回原形，并作法涨水，柳林江顿时白浪滔天。吕洞宾大喝一声：孽障住手！那孽障哪里肯听，直把江水向洞庭寺灌来。吕洞宾早已来到跟前，又说了声：请菩萨暂避。之后抽出宝剑，直取孽龙。一场恶斗之后，孽龙战败，被吕仙的宝剑砍断双脚，逃回江中，柳林江水也随之退去。吕洞宾看这洞庭寺，实在地势太低，进到寺里，确认观音菩萨已回避出寺，便念动移山之咒，然后将尘拂一扫，那洞庭寺便腾空而起，直飞到两里之外的杨家屋场东边高地稳稳落下。也就在这时，杨姓的对子花鼓正好唱完，人们突然感到天黑了似的，抬头一看，一只凤凰拖着一座小山从天飞过。杨姓理事者一边听着大家的议论，一边准备送关帝驾返洞庭寺的诸多事情。忽然有人来报，洞庭寺不见了！杨姓族人大惊，一时不知如何是好。这时又有人来报，洞庭寺已飞到了杨家屋场！众人一看，果然杨家屋场东边有一座庙，与洞庭寺一模一样。于是，杨姓族人命人抬着关爷的神像，径直送入庙中落驾。后杨、汪、任、陈等四大姓认为，凤凰拖山是祥瑞之兆，洞庭寺易址更是神明所为，于是几经商议，将洞庭寺改名为飞凤山。

在飞凤山庙里的关爷和观音的灵佑下，这一带各姓的人丁都很发达，也都很和谐。每当柳林江发大水，大家一条心防汛抢险；每当冬闲季节，大家一条心培筑堤防；每当遇到干旱，大家一条心掏井开渠。只有每年五月端阳，各姓的龙舟互不相让，只想战胜对方。然而，每当这四姓的龙舟与柳林江北面的湘阴竹山湾竞渡时，这四姓龙舟上的人又一条心了，不分彼此了。竹山湾那边有人从中挑拨说，四姓舍死，赢只赢一家。这时四姓的人齐声说，你们晓得么子喽，我们都是供着飞凤山庙的人！

第六章　姓氏春秋

　　鱼花港域内，大概有三千余户一万多人。这三千余户一万多人来自不同的姓氏，每个姓氏都有不同的来历，不同的来历使得各姓聚群而居、圈地而耕、合族而治。后在漫长的岁月中，姓氏间相互往来、相互帮助、相互借鉴、相互通婚，逐渐形成相同的文化传承，相近的生活习俗和相似的进化过程。

龙塘苏氏

在鱼花港鱼乐园的龙塘、祠堂湾一带，是苏姓人聚居之地，是为龙塘苏氏。

苏氏源于祝融之孙昆吾倍，封于苏，后建立苏国。苏国被狄国灭，后人便以国为姓。龙塘苏氏以苏武为一世，四世亮公葬于武功，五世章公为清河太守，落籍栾城。十九世味道公谪为眉州刺史，家迁眉州。三十三世辙公长子迟公，为官南昌训导，落籍江西泰和，三十七世士类公，居官淮安道，后迁南昌。四十三世义金公，明初由南昌府丰城县迁居湖南浏阳。越二世，承秀公于明洪武二十六年（1393年）由浏阳迁长沙乔口，落业龙塘。承秀公迁龙塘后，传为四派祖友富、友贵，分为东头富房，西头贵房。再传东房分伯聪一人，西房分伯渔、伯祥、伯湘、伯寅、伯湖五人，伯湖早没。至邦派，则兄弟凡八人，属东头房者四人：塘边长房邦左公、堤湾二房邦右公、沙塘三房邦杰公、荷塘四房邦钦公；属西房者四人：桥湾长房邦宦公、黯塘二房邦治公、乔江三房邦力公、坝边四房邦乾公。

龙塘苏氏于明万历四十六年（1618年）始修族谱，后分别于清康熙二十四年（1685年）、乾隆十一年（1746年）、嘉庆七年（1802年）、咸丰六年（1856年）、民国十四年（1926年）六修谱牒，2000年续修昭视公支谱。历届族谱均遵"特欧式旁行斜上，仿史记汉书表，为之老泉公谱，旁行为直行。"的体例。历届谱均载有龙塘苏氏派语。其首颁派语为：

> 义忠承友伯，邦允荣继明；
>
> 启国朝源远，光昭新世泽。
>
> 盛大振南湘，文业宗家学，

英华益炳芳。

四修时续颁派语为:

传经开俊彦,树德毓贤良;

通达辉金榜,猷为耀玉堂。

七修时新颁派语为:

诗书垂后祀,功烈绍先皇;

麟阁遗型在,鸿图应瑞长。

苏氏宗祠于清雍正三年(1725)建于龙塘北侧。龙塘苏氏宗祠为五开间四进两横,可谓宏阔大方。与此同时,其祠有两个鲜明的特点,其一,祠中楹联甚多,皆是文采飞扬的上乘之作。如祠前朝门有联:

南昌故郡

西蜀名家

祠中大门联:

功高麟阁

绪衍龙塘

二进大堂的梁柱联:

十九年冰雪盟心 骏烈辉煌 千古功名留书阁

廿七载风云历斗 志鸿文炳 千秋学业绍眉山

三进大堂联:

溯许国文章 宜古宜今 金玉铿锵开甲第

贯嵋山谱牒 序昭序穆 春秋享祭肃寅阶

四进大堂联：

阁尚有麟 看头角多歧 足验蕃昌延子姓
井曾遗橘 喜泉流不竭 共登仁寿沐先灵

除了这些重大活动场地饰有楹联外，其他如龛柱上、侧门边、廊道口中等处，皆有楹联，且联意内容和字体书法都不同凡响。其二，宗祠周边风景如画，苏氏族中第九派孙醒顽、十派孙俊臣和清泉，将其命为八景，且赋有八景诗，兹录如下：

龙塘草绿

春水溶溶绉水波，陡惊雷雨起龙鼋。
游人莫羡青青草，须识池中变化多。

荷沼清香

荷沼清风送晚凉，暗香凝露袭轻裳。
亭亭净植还君子，漫漫娇容似六郎。

菰塘渔唱

一声高唱蓼花洲，云水苍茫动客愁。
无限烟波横两岸，问君何处钓深秋。

雪堂书韵

好辨风云奋志声，游杨曾艳说师程。
坡公旧有题吟处，遗迹犹香醉墨亭。

午桥月白

板桥人迹月如霜，照澈平堤草色黄。

祇有浮云宜净扫，莫教寒夜减清光。

乔江帆影

江岸柳林江畔湾，平桥湘水自潺潺。

楼边曙色无今古，相逐轻帆十里间。

金谷斜阳

石崇金谷杜鹃啼，邱陇园林别有溪。

难得荷花园外水，一泓相映夕阳西。

螺黛云横

云母屏风四照开，麓山奔赴送青来。

回头笑黯茹塘水，螺影横空翠一堆。

这些字字珠玑的诗和联，不但使龙塘苏氏宗祠文采熠熠，也使苏氏在当地被誉为诗书之族。

诗书之族的形成，与苏氏家训和家规有很大的关系。龙塘苏氏家训很严，从伦理、孝悌、婚恋、和睦、交友、迷信、嫖赌毒、勤俭、从师、互助、处世和立业等十三个方面，进行了详细的规定；龙塘苏氏的家规则从家声、祠基、孝悌、习俗等二十个方面，对族人进行严格的规范。其中孝悌一节中规定："族中子弟以孝悌为重，虽有贤愚不等，在父兄总宜课读教耕，不能任其游荡。"这不到三十个字的词语里，将是不是读与耕看成是不是孝的高度，这就当然使得子孙后代以务读务耕来立身，来事孝。正是因为如此，龙塘苏氏代有人才。而且不但出了很多文人，也出了武将。如出身于长沙新康龙塘的苏昭延

（1812年—1895年）道光十二年（1832年）考中秀才，三年后成为举人。后由孝廉而致仕，历著奇功，先后出师广西，镇前营守备，赏戴蓝翎，立功南省，钦赐花翎；实授辰州参将兼署协镇，诰授振武将军。同样从龙塘走出去的苏应龙，清同治年间获邑庠，后改习武，光绪八年（1882年）获湖南全省武举第一，次年投入湘军水师，后擢升镇溪游击，授武功将军。到了现代，龙塘苏氏延续了人才辈出的传统。仅苏氏发祥之地龙塘，现为祠堂湾村民小组。从二十世纪六十年代到如今，这个人口不到二百的村民小组里，先后出了三个县级干部、五个正科级干部、四个家产过亿的企业家！这些闻名桑梓的人才，虽然还不及二千多年前的始祖苏武、一千多年前的先祖苏轼的声名，但是，这同样是苏氏的荣光，苏氏的骄傲，更是苏氏的希望！这也验证了龙塘苏氏宗祠大门口的那副对联所标榜的：功高麟阁，绪衍龙塘。绪者，事业也，功业也；衍者，开展也，发扬也。纵观苏氏落业龙塘六百多年，其人丁和事业可谓蓬勃发展，其遗风和功业可谓奋力发扬！

南坪岭刘氏

刘氏是一个古老的姓氏。鼻祖为源明公，号朱丹，祖居帝都山，即今山西省平阳市临汾县。受封为刘，为刘氏。远祖累公，是远古部落联盟陶唐氏首领尧的后裔，刘氏远古世系的第十八祖，生活在夏代孔甲时期，因其出身时，手上显现"刘累"纹样，家人以为吉祥，遂以刘累为名。时居洛州，即今河南偃师南五十五里，后来迁居鲁山，死后葬于河南鲁山县。传至以正公，字延，落籍箉桥，徒安福严田乡坛州龙云下村。以正公传七世至逊公，字敬之，号孟勒，携家徒居江西省丰城县。先祖戊寅公，字汉江，龙图阁学士、尚书，诰赐紫金光神妙大夫，居江西省南昌府丰城县梓溪村白茅坪。传十六世至世骅、世骐、世麟三公，于明洪武二年同迁湖南省长沙县新康都乔口一带。世骅公居射蛟岭，世骐公居刘家塘，世麟公居田心坪。世骅公即福渊公，字静深，号潜龙，明敕授承德郎。传二子，吉常，仲常。衍东西两大房，传七世后，东房衍为三小房，西房衍为七小房。分别居射蛟岭、南坪岭、老屋山、歇马亭、洗马塘等地，称南坪岭刘氏。

康熙元年，南坪岭刘氏族众合力建宗祠于南坪岭。时南坪岭刘氏宗祠为三开间三进，现存前进和二、三进西侧山墙。经历三百多年风雨沧桑后，其前进之风采仍不减当年，石质的大门上额"南坪世骅庙"五个隶书大字，两侧对联颇有新意，联云：

世拓洪荒 千秋凤梦联新梦
骅骞望楚 亘古长流接远流

本来居于三进的刘氏祖先牌位已经移至这仅有的前进中。正中神龛宽阔而大气，上额"神尧裔胄"四个镶金大字，四个镶金大字下便是神态威严的世骅公镏金坐像，坐像两侧是昭祖和穆祖牌位。神龛两边的楹柱上有金字对联：

睿祖开基 修德如斯传万代

英嗣袭慧 弘光未已壮千秋

神龛两侧还供奉着关公和已故国家主席刘少奇座像。现代的刘姓国家领导人、南坪岭始迁之祖与神佛一道，共坐于刘氏宗祠，同享着刘氏香火，这种并不多见的祭祀仪规，将南坪岭刘氏族人爱国、尊祖、敬神的虔诚之情，完美结合起来，完美体现出来。

在南坪世骅庙之东侧，新建了三间配房，配房门口挂有"南坪岭刘氏六修族谱办公室"的牌匾。室内墙上，饰有南坪岭刘氏宗亲会、修谱委员会、南坪刘氏族产管委会等组成人员名单；室内的办公桌椅、书柜、茶具等整齐摆放；后室报架上还挂有《华刘春秋》彩印报纸。该报纸为湖南省社科院汉文化研究中心华容基地和华容刘氏宗亲联谊会联合主办。翻阅图文并茂的《华刘春秋》，首面头条的"新年献词"中，"长沙南坪刘氏六修谱已录丁逾万"一行字赫然入目，南坪刘氏在湖南乃至全国刘姓中的声望与地位，可见一斑。

历届的南坪刘氏族谱有很多闪光点。一是其派语大气。其派语曰：

常启长辉兴，清元国盛凝。

知文宣大烈，守典树芳型。

忠孝光前远，诗书裕后深。

本根固培植，兰桂发余馨。

二是其家训规范。历届谱上都围绕孝悌忠信礼义廉耻八个字进行阐发，认为这八个字是为人处世的八根柱子，有了八根柱子始能成为一个完全好人。续修谱新家训则为八目。即孝友、似续（教子）、齐家、敬祖、睦族、勤业、励学、正俗。每目之下，有简文释之。三是其文采飞扬。谱中文字深入浅出，且引经据典恰到好处。所录诗联颇多颇工，犹以贺寿古风诗为最，兹录"贺苍翁六十寿"一首飨之：

离垢先生负奇节，离垢园中养高洁。
书城高拥牙签列，行道孜孜老不辍。
风云为气宇宙身，心世坎坷某陆沉。
白盐赤米滋味深，青壁丹崖恣幽寻。
偕隐克配孟光贤，惊胶再续志同坚。
以此获结山水绿，孤云缥缈乐尧天。
二毛已及始举子，老蚌珠生胡不喜。
髫年早擅雕龙技，允矣凤毛称美济。
仁开森森竹影繁，公才公望萃一门。
德报不爽古有云，非此其身其子孙。
独斩蹇劣辱东床，词源未许觅津梁。
自盗图籍腹笥藏，长为南丰祝瓣香。
堂上优筵开六决，筵开正值芳春月。
大块文章御蓬勃，山鸟争鸣花争发。
丝烹羊煮罗荤状，洞庭春月泛青田。
再云遥亲丝衣鲜，醉态眉案笑掀髯。
翩然风度陆地仙，春椿春秋纪八千。
松有心兮竹有筠，海屋添筹笔绵绵。

南坪刘氏族谱上所录的族中人物，文武兼资，是为人中之杰。如出身于南坪岭石碑围的刘辉灿，（1484年—1551年），字明秀，明嘉靖进士，授广东盐运使司，诰授通议大夫。出生于南坪岭的刘清亶（1549年—1627年），字朝京，号炳蓁，其性耿介，工诗画，著有《颐园诗草》。为官有政声，历擢显职，诰授中宪大夫。出生于南坪岭道人围的刘国商（1592年—1642年），字宗贤，号爱宇，少有文才，曾任宝庆知县。出生于南坪岭月池湖的刘元良（1595

年—1662年）字绍龙，中秀才后从军，后升副将，赏戴花翎。

南坪岭刘氏一族，自落籍长沙到现在，已是六百多年。六百多年来，其后裔由十而百，由百而千，由千而万，真可谓人丁兴旺；其居所由草屋改瓦屋，由瓦屋改楼房，由楼房改别墅，真可谓安居广厦；其产业由筚路蓝缕到自给自足，由自给自足到丰衣足食，由丰衣足食到小康之家，真可谓家兴业隆。这是在刘氏先祖遗风的影响下，一代又一代族人奋斗的结果，追求的结果，创造的结果。

千秋夙梦联新梦，亘古长流接远流。南坪岭刘氏的夙梦和新梦，不但是举族繁荣，更是中华民族的伟大复兴。实现梦想，前代的南坪岭刘氏族人做出了可歌可泣的努力，现代的南坪岭刘氏族人做出了可圈可点的成绩，未来的南坪岭刘氏族人在这不断进取的历史源流中，必将更加奋发！

陈家坝陈氏

陈姓源远流长，出自妫姓，系帝舜的后裔。尧帝禅位舜帝之前，将两个女儿娥皇、女英嫁给舜为妻，让他们居住在妫水河边，妫水在今山西省永济县蒲州一带。后舜的子孙以地为姓，称妫姓。舜死后，禅位给禹，禹将舜的儿子商均封于虞，即今河南虞城县。夏、商两代，虞国或失或续。商末，商均的三十二代孙阏父投附于周，担任陶正。陶正是制陶的官，因其制陶技艺精湛，深得文王欢心。文王儿子姬发灭商建立周朝后，追封先贤遗民，把阏父的儿子妫满封于陈，即今河南淮阳，赐国号曰陈，为侯爵。妫满奉守帝舜宗祀，将大女儿嫁给姬发为妻。妫满死后，谥号陈胡公，又称胡公满。胡公满的子孙以国为氏，就是陈氏。唐朝以前，陈姓居北方，称中原陈氏。唐文宗时，中原陈氏中的陈旺，迁江西德安县，历 230 年，成为有 3700 余口、300 多处田庄、19 代同居共炊的大族。宋仁宗嘉佑七年（1062 年）朝廷派人协助迁析，从此，这个大家族分散于 16 个省、125 个地方，先后形成颍川、汝南、下邳、广陵、东海、河南、新安、庐江、武当、冯翊、京兆等十一个郡望，以及德星、德聚、渑池、双桂、三义、忠节、义门、树本、衍庆等数十个堂号。

陈家坝这支陈姓为德星堂。德星堂祖伯万公（855 年—947 年）字金峰，为后唐都督。后唐同光二年（924 年）由江西吉安府泰和县请旨过湖广，至宝庆新化横阳山鹅塘村落业，为迁湘始祖。传二十世斌一公，字贯万（1312 年—1403 年）于明洪武初年落业宁乡竹塘冲，下向冲、字持山、斑竹嘴、竹塘冲等处皆其庄田之所。贯万公四世孙金鼎公（1388 年—1466 年）字持山，于洪武朝末期徒长沙县新康都十甲。因陈氏后人在南湖汉口建坝节制湖浸，名其坝曰陈家坝。坝名遂成地名，为这一支陈氏发祥之地。

金鼎公落业之初，这里乃是蛮荒之地。通过几十年打草开荒、构筑居所，才出现发祥的迹象。其后世有人作诗曰：

　　　　此地荒芜不纪年，凄然林莽听啼鹃。
　　　　逢芦几户渔兼牧，菱芡孤墟陌与阡。
　　　　裙解炊沙能作饭，朝思变海可为田。
　　　　圣朝尺过皆供赋，也许波臣乞一垆。

　　也许是创业过于艰难，也许是发展较为缓慢，陈家坝陈氏宗祠至清乾隆年间才正式建成，后于咸丰元年（1851）重修。陈家坝陈氏宗祠今已不存，然陈氏谱牒仍为陈氏留下众多宝贵的人文遗产。其派语多而有特色，伯万公以下原派为：

　　　　伯和翔诩昭，省尧古宗祖；
　　　　奉玫君仲鉴，六昌宪通瑛；
　　　　志亮惟宝玉，尚芳子光昌；
　　　　贤才逢楚献，承远振家邦。

　　　　伯万公以下后颁布新派语：
　　　　世际文明会，家敦礼义中；
　　　　诗书功务笃，孝友本宜尊；
　　　　积善培基厚，登庸受福洪；

　　　　聚星祥豫纪，令绪继宗公。
　　　　斌一公以下又颁布新派为：
　　　　斌文通金泰，兴荣立子学。
　　　　国正天心顺，家和敦世卓。

　　其家训族规则尊前清圣谕十六条：

敦孝悌，以重人伦；笃宗族，以昭雍睦；和乡党，以息争讼；重农桑，以足衣食；尚节俭，以惜财用；隆学校，以端士习；黜异端，以崇正学；讲法律，以儆愚顽；明礼让，以厚风俗；务本业，以定民志；训子弟，以禁非为；息诬告，以全良善；诫匿逃，以免株连；完钱粮，以省催科；联保甲，以弭盗贼；解纣忿，以重身病。

陈氏族谱在规范族人在父母、祖宗、性命、兄弟、夫妇、宗族、朋友、国家等八个方面的家训的同时，还附录义门训约十则，每则用四字韵文阐发，易懂易记，也很有文采：

一、尊敬祖宗　祖功宗德，百世难忘，音容虽邈，诚敬可将。
　　　　　　　后人培植，前愈增光。水源木本，谨奉蒸尝。

二、孝顺父母　父天母地，养育恩深。教读衣食，几历辛勤。
　　　　　　　罔极难报，孝顺是遵。承欢膝下，菽水亦馨。

三、友爱兄弟　惟兄与弟，同气连枝。兄以爱往，弟以敬施。
　　　　　　　诗歌棠棣，乐奏埙篪。急难御侮，和乐可思。

四、和顺夫妇　乾刚坤柔，配合一定。偶以夫妻，内外相应。
　　　　　　　夫和而义，妻柔而正。琴瑟既调，家志自振。

五、教训子孙　惟子若孙，义方是训。严师益友，端蒙启正。
　　　　　　　忠厚传家，立品操行。勤俭节约，字平守分。

六、和睦家族　同族共宗，一脉所分。亲疏虽别，情谊则均。
　　　　　　　无构仇隙，勿事欺凌。扶危济困，合族同心。

七、赈恤孤贫　孤寡贫寒，理宜矜恤。矧在同宗，心愈滋戚。
　　　　　　　保护提携，俾之成立，酌盈济虚，析肥补瘠。

八、畜养仆婢　内外尊卑，体系所系。太宽则骄，过严斯忌。
　　　　　　　力役须均，衣食必遂。惟慈以畜，惟庄以莅。

九、严正家法　家法之严，次于国律。妒忌者惩，强悍者抑。
　　　　　　　究理秉公，争竞自息。族房正长，不时警惕。

十、定派昭伦　实行之敦，首重明伦。小不加大，卑不逾尊。

　　　　　　　定期派序，后裔挨循。周而复续，字共源清。

　　陈氏族谱中还有很多颇有意境的诗，兹录馥庵公《中秋无月》一首，可见其功力：

　　　　恨望秋空意渺茫，今宵河汉失清光。

　　　　露盘空托金人冷，莲幕微邀玉簟凉。

　　　　云妒蚌胎因妒月，天怜桂子应怜香。

　　　　一年一度休虚度，且对残灯尽数觞。

　　族谱文采飞扬，自然是族中文人蔚起，文人蔚起造就了陈氏历史上人才辈出。现在我们能在史籍上查到的出类拔萃者有：陈泰激（1412 年—1494 年）出生陈家坝，湖南乡试举人，授承德郎，翰林院学士，封奉政大夫；陈子敬（1549 年—1579 年）出生于乔口大垅围，秀才从军，授修武佐校尉，台州参将；陈子光（1568 年—1633 年）出生于乔口大垅围，秀才从军，授职武校尉，封武功将军；陈学仁（1595 年—1660 年）出生于陈家坝，会试进士，授征侍郎，补内阁侍读，封奉直大夫。

　　自清末开始，陈家坝陈姓子孙多有外迁者。现在陈家坝陈氏人口在 8000 人左右，散居在乔口、靖港一带。陈氏族人秉从家训，务本明礼，是一个不事张扬的大族。

水矶口杨氏

杨姓出自姬姓。周成王封弟叔虞于唐，人称唐叔于。唐叔于的儿子燮继位后，因唐地有晋水，改称晋侯。周宣王的第三子尚父，封在杨国，是为杨侯。春秋时，晋灭杨。杨成为羊舌胖的封地。晋武公之弟，也就是燮的第 10 世孙，时封次子伯侨于杨，亦称杨侯，是为杨氏受姓始祖。伯侨之孙突，食采于羊舌，为羊舌大夫，始为羊舌氏。突之孙胖，字叔向，因戴晋有功，被分封于杨氏邑，其子伯石以邑为氏，称为杨氏。伯石之子名道公，字子容。公元前 514 年夏六月，晋顷公以"相恶于君"之罪，灭羊舌氏和宗祁氏，在其采邑设县，六卿掌权。伯石因党于祁盈被诛。为避灭族，伯石之妻携子容与族众，举族东渡黄河，逃居于魏献子之领地华山白羊峰的山洞之中。从此在此开荒拓土，务农耕作。期间，此支杨氏无有仕者。并隐姓埋名，以祖宗封地"杨"为姓。子容为杨氏始祖，配妻于氏，生子名曰忠。传至十一世章公，字道斐，时为战国年间，道斐时任周靓王（姬定）右将军。后为秦朝左庶长，赐征东大将军。秦惠文王更元十三年（前 312 年）章公率军击楚于丹阳，俘其将屈巧，斩首八万。又攻汉中，取地六百里，置汉中郡，封华阴侯，居陕西华阴。至十七世敞公，字子明，号君平，汉昭帝元凤五年（前 76 年）为丞相，封平安敬侯。居关西华阴，为弘农杨氏族中第一个丞相。自此，弘农为"全国望郡，杨氏望族"。敞公是为弘农杨氏之始祖。敞公配妻司马氏（司马迁之女）生子二，长忠，次恽。传四十一世于陵公（753 年—830 年），字达夫，六岁时因避战乱，居江西永修。陵公少有奇志，18 岁中进士，授润州句容（今江苏）主簿。历官吏部郎中、中书舍人、潼关防御、镇国军使、浙东观察使，入为京兆尹，官至户部侍郎、弘农郡公。因居长安朱雀街南新昌坊。配韩氏，生子四，景复、嗣复、绍复、师复，传至四十六世允素公，名绘，字子富，少时随父客居洪州

（今江西南昌）新建县云龙乡铁树观。宋高宗时为岳州府（今湖北孝感）守备少师兵部兼华盖殿大学士，后归居吉水上径，再后迁居江西泰和东门外清溪。传十一世克明公，字思伯，原籍江西抚州金溪县大塘冲，明洪武二年（1369）迁湘，落业于长沙府十八都水矶口之麂茅场（今长沙望城乔口镇湛水村）克明公二子，长世荣，次世华。世荣为东大房，世华为西大房，越四世，世荣公裔孙兄弟八人，其中四人无嗣；世华公裔孙兄弟六人，其中绝其四，又再传衍为四房；合定东西为八房。

克明公与乔江刘氏世骅、世骐、世麟三公为甥舅关系，以善治疑难杂症闻名乡里。据传，克明公故后多年，屡在水矶口一带显灵救治生灵。因其子孙奉为地方医圣。清康熙元年（1662年），杨氏在水矶口建立宗祠。康熙四十八年（1710年）重修后规模颇具，"为堂三楹，高十有九丈，广三十八尺，深二十八尺，堂前为月台，又前为思孝厅，高十有六尺，又前为正门，旁各有小房二间，高十二尺，周围墙垣二百六十二尺。"此后加修时，更有地方众姓中得思伯公之灵佑者捐资膜拜，故杨氏额其门首曰"杨公思伯庙"。此后历加修扩，杨公思伯庙乃为方圆百里最为壮观之祠宇。时善化文人黄渊亭和龙门秀才任绍广，取杨公思伯庙周边形胜，以"横塘水藻""平湖绮浪""三水激湍"和"石井澄空"四景题诗十首。杨氏裔孙永岫、绍憧则续以"金盆凝露""洞洲钟韵""矶头古渡"和"沙堤环柳"四景题诗词九首。雍正癸丑（1733）夏月，黄渊亭意犹未尽，再以"八景合题"之名，为杨公思伯庙赋诗两首：

其一：

横塘耸翠映廉栊，钟韵铿然阴雨中。
江水奔流环峭壁，波纹细皱荡轻风。
金盆挹露凝青霭，石井妆苔漾碧空。
古渡烟笼溪岸草，倚栏遥望柳堤东。

其二：

前塘牵荇后湖波，三水潆洄漾垒罗。

井是赢瓶原正远，盆分逮寺祥如何。

小洲钟韵侵晨递，古渡桃花夹岸多。

最是隔江环柳处，声闻弹指兆名科。

现存杨公思伯庙为三门三进，前山墙上饰有"马到成功""大鹏展翅"等瓷质国画，正门上方有匾直书"杨公思伯庙"五个大字，横额"神光普照"四个金红大字，门旁有长联云：

弘农源远 华岳开基 江赣移居 湖湘落业
士农工商 瓜瓞绵绵传万代
西周采封 杨隋一统 李唐辅国 赵宋安邦
帝王将相 衣冠楚楚历千秋

祠庙的前进为综合式大厅，厅内东墙上大书杨氏族约和祠庙历史，西墙上恭绘历代杨氏名人画像。二进有东西两房，中为过道，道口门额"清白传家"四字，门侧有联曰：

严守家风规范
弘扬震公精神

此联虽短，却典意深长。典出东汉荆州刺史杨震，以廉著称。有逢迎者于夜间至杨府送黄金行贿，杨断然拒之，严以斥之。那送金人说，现在是深夜，不会为人所知的。杨怒而喝道：天知、地知、你知、我知，不知者，不知耻也！后杨氏以此典自命"四知堂"，以传祖德。

三进为祖堂，正中有供奉祖像的神龛，神龛上额"云日常依"四个金字，龛内有杨思伯公坐像，坐像前立有牌位，牌位上书"弘农堂上历代杨氏祖先之灵位"。神龛盘龙柱上亦有联云：

溯源赣水　业落星沙　一脉彝伦绵百世

道衍茅山　灵昭海宇　万家烟坻凛千秋

神龛前有香案，香案上有长明灯、香架，一个镌有"清雍正三年"字样的竹质签筒，特别醒目。

水矾口杨氏于清康熙四十八年（1710年）始修族谱，为十一派孙永岔主修。首届谱即有十字派语，其后历届谱续派，并附派语序文，文曰：

族众丁繁，非为以派，将命名取字。世系荄淆，恶知其孰为祖父，孰为子孙耶？自应编成韵语，始克累叶昭明。吾族，前十派二语，文义不可晓，想先人因豫章大同谱所载，承其阙误，亦未可知。自文宇公订谱，续五言四语，坦斋公辑谱，又续五言四语，并前为十语，永垂不朽。

十语派言如下：

克世子宗万，楚立振以惟。

永绍昭先德，诗书启俊奇。

贤嗣承吉泽，中道守芳贻。

修定徵文献，兴隆应凤仪。

盛朝开景运，本大日蕃枝。

杨氏族谱有十条家族公约，亦沿袭历届谱定之家训。与此同时，其谱中有一篇目，名为"格言联璧"是为诸姓谱内所少见。篇中，以"古今来许多世家，无非积德；天地间第一人品，还是读书"这一联语开篇，对积德与读书进行了很有意义的阐发。其中一段云：传家久远，总不外"读书积德"四字。若纷纷势力，真如烟云过眼，须臾变灰。古联云：树德承鸿业，传万谊裕燕贻。树德箕裘惟孝友，传家彝鼎在读书。天府静迓惟为善，祷福长绵在读书……读书即未成名，究竟人高品雅。修德不期获报，自然梦稳心安。这些话语，都体现了杨氏先人对读书和积德的辩证的看法，至今还有积极的意义。杨氏族谱中，对"四礼"的阐发，也有很多与现代正确的观点相契合。如对"冠礼"，谱中有言云：窃谓年未成人，其冠不宜过美，须俟其子当冠之年，始用冠值之贵重者，以礼加之。其意思是说，冠礼即成人之礼，就是在十八岁的男子头上戴上帽子，戴上帽子不过是一种形式，主要的还是要告诉戴上这帽子的人，这里面的责任重大。除此之外，谱中对"婚礼""丧礼"和"祭礼"也都作了重现实、重道义的说教。尤其在丧礼中告诫族人，"凡乡里有丧事，所宜共遵家礼，不可随俗而靡也。"

杨氏族谱中，有《周雅园训家俚言》，其中有十三可耻：

人皆敬爱父母，我独孝养有亏，可耻；
人皆兄弟和睦，我独手足参商，可耻；
人皆夫唱妇随，我独夫妻反目，可耻；
人皆教育有方，我独坐无正人，可耻；
人皆忠君爱国，我独罔上病民，可耻；
人皆睦族和邻，我独抬尤放怒，可耻；
人皆诗书儒雅，我独马牛襟裾，可耻；
人皆耕田力穑，我独游手好闲，可耻；
人皆勤俭起家，我独怠惰自甘，可耻；
人皆恤寡矜孤，我独幸灾乐祸，可耻；
人皆富而好礼，我独为富不仁，可耻；
人皆激浊扬清，我独欺善扬恶，可耻；
人皆急公勇义，我独好逸偷安，可耻。

在十三可耻之后，有十三不必耻：

人皆雕梁画栋，我独茅屋土墙，不必耻；
人皆旨酒粱肉，我独蔬食菜羹，不必耻；

人皆绫罗绸缎，我独布被缦袍，不必耻；

人皆扳豪结富，我独贫寒亲友，不必耻；

人皆俊仆精妪，我独蠢奴掘婢，不必耻；

人皆假宦恃役，我独息讼畏争，不必耻；

人皆倚势害人，我独量力克己，不必耻；

人皆恣徭纵赌，我独匕牛耕田，不必耻；

人皆附势趋炎，我独字分守命，不必耻；

人皆刻薄致富，我独忠厚守贫，不必耻；

人皆积粟堆盐，我独储经藏史，不必耻；

人皆事之奸巧，我独看之吃亏，不必耻；

人皆钻营得计，我独顺机听天，不必耻。

在十三不必耻之后，更有十三个与其……何不……

与其朝仙拜佛，何不孝顺父母；

与其结社邀盟，何不友爱兄弟；

与其赂官贿吏，何不赈济乡邻；

与其淫戏玩灯，何不修桥治路；

与其创修寺院，何不建立宗祠；

与其供道施僧，何不施贫济困；

与其听信师巫，何不慎重服药；

与其建设佛寺，何不遵行家礼；

与其延布开堂，何不修坟志墓；

与其贪谋风水，何不培养心田；

与其谋夺田产，何不训导子孙；

与其结交小人，何不亲近君子；

与其积财酿祸，何不伴本读书。

《周雅园训家俚言》虽冠之曰"俚言"，实为规范族人之警句。这些警句，深入浅出，将族人平日处世做人的思想、行为，哪些是正确的，哪些是不正确的，讲得清清楚楚；这些警句，告诫谆谆，把正统的宗法理念阐述得明明白白。因之，至今仍具有很强的现实意义。

杨氏居水矶口历六百余年，人口发展至万人以上。其中多有望重桑梓的人物。如杨德威（1825年—1858年），出生于水矶口，幼好剑行侠，应募从军，每曰：大丈夫不计功，不避难，虽马革裹尸不惜也！先充任湘军左营哨长、参将、总兵等职，于咸丰八年（1858年）九月在攻克桐城大战中中炮坠马身亡。谥刚悯，诰赠振威将军。杨笃衡（1904年—1927年），出生于水矶口，1927年参加革命，被推举为长沙县四十四乡农协代表、靖港地区农协宣传委员兼四十四乡农民纠察队长，其行事果断，足智多谋，土豪劣绅闻之丧胆。1927年"四·一二"后，受到国民党反动军阀追捕，于1927年12月19日在铜官就义。杨桂法（1894年—1960年），其祖于同治年间迁河西都仁和乡庙崽子（今乌山仁和社区）自幼年脾性刚烈，爱好武术。于光绪年间随父习武，后经少林、武当名师点拨，武艺大增，闻名长沙后带徒数十人，并著有《杨氏正骨药书》。1944年闰四月，有日本兵前往白沙洲玉带桥，发现杨后，便举枪射击。杨施展武技，纵身躲闪，之后，拳脚并用，将日本兵制死。杨福鹏（1913年—1971年）女，出生于乔口古正街，十五岁考入湖南湘剧女子科班，先学须生，后演武靠，其演关公、杨滚、杨雄等角色身段舒展大方，唱功洪亮，是为湖南湘剧台柱。1943年参加田汉领导的湘剧抗敌宣传二队，1950年参加中国人民解放军张十二兵团洞庭湘剧工作团，任演员副队长。1952年参加第一届全国戏曲观摩演出，获三等奖，1955年在湖南省第二届戏曲观摩演出中获一等奖。曾被选为湖南省第三届人民代表和省人民政府委员会委员。1971年因受"四人帮"迫害致死。此后，水矶口杨氏族中，涌现了望城县革委会主任杨柏槐和一批县级干部，也涌现了一批经济能人和文化人。

水矶口杨氏是闻名的大族，早年雄踞一方，族人大度，族事大气，因之族气大旺，故长沙、湘阴、益阳交界一带有"水矶口的羊（谐音杨）杀不得"之说。

南湖山汪氏

汪姓是一古老的姓氏。其源泉流有二，一是出自商代的汪芒氏。汪芒氏又称汪罔氏，是防风所改，防风是夏朝的诸侯之一。夏朝的国君禹，召集群神到会稽山，防风氏因得召令较晚，因此晚到。禹大怒下令杀防风氏。防风氏的后人从此经历几百年的屈辱。到了商朝，防风氏的后人恢复姓汪罔氏，并去"罔"改单姓为汪氏。汪氏子孙即为商代汪罔氏的后代，亦即防风氏的后代。故汪罔氏的渊源可谓历史悠久，距今约有四千多年的历史，同时，汪氏是夏朝的贵胄之后。这支汪氏，见于史籍，但汪氏学者认为与南方汪氏有别。一是出自黄帝苗裔。黄帝传十九代至姬发，伐纣胜利后建立周朝，封其弟姬旦为周公，封地在鲁地。武王殁后，周公立朝辅政，由其子伯禽为鲁国公。传十三代十五君，是为鲁成公黑肱，黑肱生子姬午，为鲁襄公。鲁襄公黑肱的次子出生时，如夫人梦彩虹绕身，感而成孕怀二十五个月而生，所生子握拳三日乃开，拳开时左掌有水纹，右掌有王纹。成公为其取名"汪"，史称公子汪即姬汪。因其名而封爵为"汪侯"。汪侯食邑颍川，世称颍川侯。颍川侯生子挺，挺生子诵。诵以汪为姓，名汪诵。汪诵封于平阳（今山东邹城西三十里平阳寺镇）汪氏郡望平阳郡即缘于此。此后汪氏一直在山东一带繁衍。到了东汉献帝建安二年（公元 197 年）龙骧将军汪文和避乱渡江南迁，孙策授汪文和为会稽令，遂居歙县，成为汪氏南宗一世祖。其十四世孙汪华，于隋末起兵屯于乌聊山，拥兵十万，掌歙、宣、杭、睦、婺、饶等六州，建立吴国，自称吴王，在乱世中，吴王汪华保全了徽州乡民免受战乱之苦，后百姓为汪华建"汪公庙"，尊为"汪公大帝"。后汪华归唐，封越国公。汪华生有九子，后裔在安徽境内分布最广。故时人称"歙黟之人，十有九汪，皆华之后"。歙、黟为汪华长子建和八子俊之后，婺源、休宁、祁门为汪华七子爽之后，绩溪为汪华九子献之后，构成汪氏在徽呈放射形分布。屯溪之靖阳节等徽地节会中，所抬神像有汪公、二相公、九相公等，便是汪华和其二子、九子。姓氏学者汪东林、汪长富等认为，汪氏是一个主流，多个支流。而黄帝之后、始祖汪诵、南迁祖汪文和是汪氏的主源流，历史上有翁姓改姓汪、刘姓改姓汪、吴姓改姓汪者则是汪氏的支流。

南湖山汪氏之始祖道安公，是南迁祖汪文和第十四世孙汪华的后裔，于唐时从慈姑迁婺源。传至元代为琪公，字公宝，行肇十，官司户，居安徽（今江西）婺源大畈村，在元朝廷任司户参军。于明嘉靖中迁居湖南长沙，为长沙汪氏之祖。生有二子，长子德礼，字敬伯行礼二，后裔十一房；次子德和字敬叔，行和二，后裔为四房。有传衍为运亨支、楚英支、楚轸支、楚俊支、通支、迪海支、迪沽支、楚属支、楚杞支、楚梓支等十一支。其子孙散居长沙、湘阴、益阳等地。其中楚梓即服公一支，于清康熙初年由善邑碧星街迁长沙新康都十甲南湖山。称南湖山汪氏，尊服公为南湖山汪氏始迁祖。

民国元年（1912年）南湖山汪氏纠族商议，创建支祠。支祠建在南湖山上，两进三间，额"五支堂"于大门上。大门两侧有联云：

姓属几千秋 克勤克俭 家国更兴 应此日恢张祖宇
支分原一脉 主敬主诚 人文蔚启 为他年整顿乾坤

裔孙汪树、卓卿氏撰《南湖支祠记》云：古有百世不迁之宗，有五世则迁之宗。不迁者谓之大宗，五世迁者谓之小宗。自秦并天下，大宗之法不明，小宗之法亦驰，犹有宗法之遗意。彼其所谓宗祠者，族人莫不守焉也。其所谓支祠者，后人不得统于宗，因以各宗其亲，而奉为礼焉。我族公祠建在省垣，赐间湖原自满清乾隆年间始，厥后支分派别，各有私祠，遂不觉有感焉。我祖服公，自康熙初年由善邑碧星街迁长沙坪落业之地，名南湖山。缘山皆由田叠，数有冢中，有庄屋一所，七其阴阳，适与地理有合。岁在壬子改在民国，纠族商议创建支祠。干作乾巽兼亥山巳。前后左右皆属田、公墓。每岁在朝，合支挂祭以妥。先灵签田，是役之成。列祖之英灵，远而萃焉；一房之志，涣而聚焉。继志述事，春秋有孚。子子孙孙，尚其引之弗替。是为记。

南湖山汪氏于民国二十六年（1938 年）自修支谱。其支谱上承历届，又独立成卷。其支谱首卷绘有远祖汪华之画像，下题"唐英济王汪华"六字，像侧题有宋徽宗宣和元年（1119 年）御赞：

> 生钟间气，死为直神。捍灵御患，保国护民。
>
> 褒封血食，照耀古今。椒枝繁衍，裕尔后昆。
>
> 堂堂庙貌，万载如存。

由于是支谱，故南湖山汪氏自二十三世起始重新起派，其派语为：

贤良辅国　明达世征

人文振启　肇庆传宗

南湖山汪氏支谱中，对族人告诫甚严，有家训十则和家戒十则。家训十则内容为一曰存心以仁，二曰修身以道，三曰祀祖贵诚，三曰事亲唯孝，四曰手足宜敦，五曰家室必正，六曰耕读在勤，七曰师友宜择，八曰御下以宽，九曰习业以常。家戒十则为一戒违犯尊长，二戒悔婚嫁卖，三戒婚姻转房，四戒行窃为匪，五戒恃强图懒，六戒酗酒行凶，七戒聚财抽头，八戒名分不正，九戒溺爱不明，十戒充当皂棣。在阐述这十训和十戒的释文中，有很多发人深省的话，至今仍有很好的现实意义。如家训"存心以仁"一则中，开篇便说：礼以范人身，乐以养人心，人而不仁，如礼何人？人而不仁，如乐何人？在"耕读在勤"一则中云：六月炉边铁匠，三冬水上渔翁，渠非不知畏苦，只因业在其中，欲向苦中求益耳。在"习业有常"中告诫子孙：乎人之习业，不可无常职。迩来人心不一，见异思迁，读者或一曝十寒，耕者或始勤终怠，工则时而为贾、时而学艺，即此四民，每多一事无成。而其如余之无常，流落者不胜枚举，吾族人众均宜早训之以恒。家戒"四戒行窃为匪"一则中有言：人得天地之正气以生，即受父母之遗体以立，当自思其何以为人。苟不务生涯，势必至饥寒交迫。在"六戒酗酒行凶"中对饮酒作如下界定：酒以合欢，过多乱性；酒以成礼，最易困人。然酒无判于智愚。在"七戒聚财抽头"中，更是严斥赌博之害：赌博之为害甚矣，倾家者因之，败产者因之，卖妻鬻子者因之。

历史上的汪氏名人众多。有丞丰汪伯彦，元末明初理学家汪克宽，明医学家汪机，戏曲家汪道昆，清画家汪士慎，数学家汪莱，民国国务总理汪大燮，画家汪采白等。

第七章　名望乡贤

在鱼花港，有历史人物载于史籍，也有很多杰出人物载于族谱。然而，还有一些很有名望的乡贤，难以在书籍中一一记载。这些乡贤，有大革命时期的先烈，有为民尽职的公仆，有为人正直的族尊，有享受香火的神医，有身怀绝技的工匠，有一生执着的艺人等。身份虽有不同，但是，他们在鱼花港，都为人们所传颂，为人们所尊敬。

名垂靖港杨伯槐

杨伯槐，清光绪二十六年（1901年）十二月初九日出生于水矶口一个赤贫家庭。贫寒的家境使得他一直未能进入学堂读书，以收粪、牧牛和在柳林江捕鱼度过童年时代。由于苦难生活的历练，十六岁时的杨伯槐，不但长成高大的汉子，而且感受对那黑暗社会的无奈，感受到唯有舍得力气才能生存。因此，他早早地成了家里的门户。十七岁那年的一天，杨伯槐口袋里装着卖鱼所得的四个铜钱，担着一担箩筐，跟随一个本家堂兄，乘一只小划子从蓼湖洲过河，去铜官进得几十只蒸钵和一些坛坛罐罐，然后原路返回，在乔口街上叫卖。使这哥俩没有想到的是，两担窑货居然很快卖光，各自赚了两个铜钱。这时的堂兄告诉杨伯槐，这做窑货生意呗，有句老话说得好，叫作"窑货上肩，一个一边"。杨伯槐听了，手在口袋里摸了摸那六个铜钱，心里很是赞同。从此，杨伯槐每天都到铜官去贩窑货。为了感谢堂兄带自己出来的好意，杨伯槐每次贩了窑货，便要堂兄在乔口街上摆摊出卖，自己则担着窑货"窜乡"。"窜乡"就是担着窑货在乡间走家串户。在走家串户的过程中，杨伯槐看到了众百姓生活的艰辛，因此，对一些特别贫困的农户，宁愿少赚钱也要让其能买到货。这样一来，人们都喜欢这个担窑货的小伙子。日子长了，杨伯槐在做窑货生意的过程中，渐渐地能说会道。每到一个村庄，很多人便围了上来，听这卖窑货的说些外面的事。有时，人越围越多，一担窑货就那样在说笑中卖完了。杨伯槐从中得出一个诀窍：走百家不如坐一家。此后，那位堂兄每天很晚才能回家，杨伯槐却每天很早就回来了。回来得早的杨伯槐也不闲着，他提着那张"八百眼"的大网，到柳林江里去捕鱼。第二天又带着捕到的鱼到铜官街上出卖，再将卖到的铜钱用来贩窑货。这样一来，也就把贱卖的窑货钱补上了。担窑货出卖成了杨伯槐维持生计的主要来源，这一担就是二十余年。这二十余年中，他用做窑货生意所赚的钱娶妻生子、养家糊口。

1949 年 8 月的一天，正担着一担窑货从铜官码头上船的杨伯槐，听到了长沙和平解放的喜讯。他无比欣喜，过河卖完窑货后，立即把这好事传遍了水矶口。当年装扮成"花子"的中共地下党员、时任靖港地区党的负责人的石安民，此时转入公开活动，在乔口一带组织农会、组建民兵、物色积极分子。杨伯槐闻讯，第一个报名参加了民兵，并被石安民委任为民兵队长。1950 年 6 月，湘江涨水，靖港对河的苏蓼围险情迭出。刚刚成立的长沙县人民政府当机立断，指示靖港的石安民带领民兵前去抢险。石安民既看中杨伯槐政治可靠，又看中其长期居住湖乡有与洪水打交道的经历，还看中其身材高大的诸多有利条件，便指定杨伯槐带领十个乔口民兵跟随抢险队伍前往苏蓼围。此时的苏蓼围形势十分严重，多处洪水漫堤，多处出现管涌。在一个叫曾子港的地方，管涌冲出四五尺高的水柱，浑黄的洪水直扑苏蓼围垸中。时抢险总指挥是一个北方南下的领导，不曾见过这样的阵势。几次堵塞管涌的行动都失败了，抢险的民工也都失去了信心，有几个当地的负责人更是力劝那位南下的总指挥，还是撤兵为好，以免造成人员伤亡。南下的总指挥终于下了撤退的决心，命令所有在场人后撤管涌险场一百丈。正当人们争先恐后向两头后退之际，杨伯槐大喊一声：等一下！只见他从一家碾坊里拆下一只三尺过径的大石碾盘，夹在腋下，冲向管涌之处。众人看得真切，身大力不亏的杨伯槐，夹着那百多斤重的石碾盘，扑入"嗞嗞"作响的管涌漩涡，迅速沉了下去！不一会儿，漩涡没有了！管涌不涌了！大堤保住了！这是杨伯槐以血肉之躯、冒着生命危险所做出的担当！这是杨伯槐以百姓的生命财产为重、宁愿牺牲自我的体现！当日，那位南下的总指挥召集党员负责干部开会，特例批准杨伯槐在抢险前线加入中国共产党，并委派其为乔口乡党的负责人。自此以后，杨伯槐成为一名职业的党员领导干部。

1951 年 7 月，杨伯槐出任望城县第十区区委书记。在"土改复查"运动中，他深入农家，访贫问苦，培养了大批积极分子、发展了一批共产党员，为建立乡和乡以下基层政权，进行了卓有成效的工作。在"三反五反"和"统购统销"等重大政治运动中，带领党员和广大人民群众，出色地完成了上级交办的任务。1954 年 7 月，大众垸溃决，杨伯槐家所在的水矶口，水淹深达六尺，但他几过家门不入，一直奔跑在救灾第一线，在他的指挥下，灾民有序撤离、有序安置，有序地重建家园。1956 年 6 月，杨伯槐出任新民乡党委书记。次年 11 月，望城县展开治沩工程，杨伯槐在后方组织各农业社社员，积极做好供应工作，有力地支援工地。1958 年 10 月，大众垸内新康、青峰、新民三乡和靖港镇合并为"红旗人民公社"，杨伯槐出任红旗人民公社（后定名为靖港人民公社）党委书记。至此，杨伯槐成为十二万人口、十五万亩农田的当家人，由于其时年已五十七岁，也由于其说话风趣而平易，更由于其处处体恤民情，因之全靖港公社从各级干部到普通社员，都亲切地称之为"杨满嗲"。身为一方领导、手握"一大二公"的权力，杨满嗲仍然着布扣子衣、头缠青色毛巾，腰系蓝色腰围巾，经常出现在社员中间。是时，"五风"（命令风、浮夸风、平调风等）盛行，杨满嗲心里清楚，这样搞是不得人心的，因此他头脑冷静，稳重从事。特别是一些干部对社员做出一些出格的事，他总是婉言指出。那年 12 月一个冰天雪地的上午，杨满嗲到第一责任区格塘中队检查工作。格塘中队的干部们闻讯，立即组织十个青年后生，举着红旗，打开坚冰，在塘里挖出塘泥。杨满嗲来到现场后，中队干部们开始汇报。杨满嗲看到十个后生冻得嘴乌了，连忙大声说：人不相同，皮肉相同，快叫他们上来！中队干部还不开口，杨满嗲来气了，对着后生们说：你们尽管上来，工分归我出！中队干部还想说好听的话，以换得杨满嗲的表扬，可杨满嗲说：你们不把社员当人，这要不得！中队干部们讨了个没趣，只好叫后生子们上来了。此事传开，人们更加尊敬杨满嗲，社员们都把杨满嗲当作知心人，只要是杨满嗲说的，大家都愿意去做。到了后来，再大的事，再不能解决的事，只要杨满嗲开个条子，事情就能迎刃而解。1959 年 2 月，柏叶供销社进了一批棉饼，准备到四月份再提价出售。当时凌冲中队各生产队的耕牛都骨瘦如柴，急需棉饼喂养。这事被凌冲中队干部知道了，找到柏叶供销社的马经理，遭到商人出身的马经理严词拒绝。中队干部们没有办法，直接到靖港找到杨满嗲。杨满嗲听了，很为中队干部们着急，立即准备写纸条。可是身上既无纸也无笔，情急之下，杨满嗲取下老花眼镜说：拿了这个去，他如果再不出售棉饼，我就上他的门！中队干部们将信将疑，拿着老花镜来到柏叶供销社。马经理看到杨满嗲的老花眼镜，二话不说，按时价将棉饼出售了。此事传开，有人当着杨满嗲的面问：您的老花眼镜过硬作得用，用得好宽呢？杨满嗲笑着说：到铜官、高塘岭勉强用得，到朱良桥、（宁乡）双江口（宁乡）就用不得。

1961 年 4 月，靖港公社划分为乔口、靖港、新康、格塘四个公社和靖港镇，四社一镇统由靖港区领导，杨满嗲任靖港区委书记。1966 年靖港区在杨满嗲带领下，一举夺得试种晚稻"农垦五八"的特大丰收，被评为"湖南省粮食生产红旗"。1966 年杨满嗲被评为湖南省劳动模范，选为湖南省人民代表大会代表。到了二十世纪 70 年代，靖港区掀起农田水利建设的高潮，所属四个公社大搞"田园化"。期间，公社党委书记调换频繁，每换一任书记，就要新修一条渠道，以致当时出现了"一个书记一条渠"的说法。每修一条渠，就要占用很多良田，甚至拆除一些民房，更多的是重复建设，其实际意义和作用并不很大。杨满嗲感到，这种劳民伤财的事不要搞，于是他对当时的公社书记们说：弯弯子也是搞社会主义，有些渠道弯就弯点，还是让社员多搞生产为好。就这样，一个书记一条渠的搞法得以很快制止。社员群众不担冤枉土了，都说是搭帮杨满嗲。

1977 年 8 月，年已 76 岁的杨满嗲出任望城县革命委员会副主任，直到 80 岁才退休，享受正县级待遇。后杨满嗲因患高血压等症，多方医治无效，于 1987 年 8 月 9 日与世长辞，享年 86 岁。一个深受人民群众爱戴的老书记虽然走了，但在大众垸民间，人们还一直在讲述着杨满嗲的爱民的往事。

农协指挥刘直葵

刘直葵，清光绪二十三年（1898年）十二月出生于水矶口任家团山一个农民家庭。身处乱世，生活在最底层的农民更是苦不堪言。柳林江畔的水矶口，是一处水患频繁的湖滨地区，每当湘江涨水，柳林江随之涨水；每当资江涨水，柳林江也随之涨水。这样一来，首当其冲的水矶口几乎年年都要受到水灾的威胁，农民们辛苦栽插下田的禾苗，在水患的威胁中不是被冲走，就是被淹死。没有了收成的农民要么以打鱼维持生计，要么出外逃荒。可当时腐朽的朝廷和昏庸的官府，从不过问百姓的疾苦，皇粮国税照催不误，苛捐杂赋照例摊收。刘直葵从小感受了社会的黑暗和天灾的无情，也感受到了生活的艰辛和饥饿的痛苦。民国初年，水矶口有识之士杨水生在杨家祠堂创办新学育英学堂，时已十多岁的刘直葵因家中无力负担学奉，无缘进入学堂读书。少年的刘直葵是多么想读点书呀！但在残酷的现实面前，他只能每日看牛、收粪和下田做事。有一天，他在看牛路上路过杨氏宗祠，好奇心驱使他进入祠堂，看看小伙伴们读书的情景。这时的课堂上，正由杨水生讲授"仁爱"二字，围绕这两个字，其对推翻清廷的肯定、其对时局的看法、其新的思想，一口气讲了很多。刘直葵听了，觉得特别新鲜，从此每天都去旁听。在旁听中，刘直葵不但认识了很多字，更接受了很多新的东西。随着年龄的增大，刘直葵思想上开始搞清楚，当农民的之所以苦，有钱人为富不仁，当官的不管百姓死活，这就是不平等。

1926年的一天，一位穿着长袍的先生从靖港来到乔口，几经走访，来到水矶口。这先生不是别人，就是后来的靖港地区农民协会委员长赵湘藻。赵湘藻在水矶口的农民家里，宣讲要贫苦农民团结起来打倒土豪劣绅，宣讲创办农民协会才能使贫苦农民抬起头来，并鼓动大家参加农民协会。刘直葵听了之后，第一个报名参加农民协会。在中共湘区委员会的领导下，1926 年 7 月，长沙县召开农民协会第二次执行委员会。是年 10 月，刘直葵加入中国共产党。是年 11 月，长沙县建立区农民协会 12 个，乡农民协会 640 个，有会员 66425 名。靖港地区农民协会是 12 个区农民协会之一，新康乡农民协会、新焕乡农民协会是 640 个乡农民协会中的成员，刘直葵是 66425 名农民协会员之一。1927 年 1 月，靖港地区农民协会经过选举，赵湘藻当选为委员长，罗尧光当选为副委员长，刘直葵为秘书，刘振湘、陈宪章、杨立喜等为执行委员。旋即成立靖港地区农民纠察总队，各乡成立乡农民纠察队，刘直葵调任区纠察队总指挥，区农协秘书改由徐伯勋担任。刘直葵当上农民纠察队总指挥之后，带领农民纠察队员，高举"一切权力归农会"的大旗，向土豪劣绅进行坚决的斗争。首先，解除了新康镇团防局的武装。在靖港地区，有一个名叫何迈全的人，曾留学日本，民国六年（1918 年）回乡后依仗雄厚的家产和狡诈的手段，成为一方地头蛇。后又借土匪势力，当上了新康镇团防局长。上台之后，便以"清匪"的名义，对不满社会现状和黑暗统治的贫苦大众进行血腥镇压，人称"何八屠夫"。毛泽东主席在《湖南农民运动考察报告》一文中特别指出："土豪劣绅势盛时，杀农民真是杀人不眨眼，长沙县新康镇团防局长何迈全，办团十年，在他手里杀死的贫苦农民将近一千人，美其名曰'杀匪'。"靖港地区的农民对何八屠夫早已恨之入骨，赵湘藻下定决心，要处决这个作恶多端的刽子手。在刘直葵的带领下，几百名农民纠察队员手持梭镖短棍，包围了新康镇团防局，可何八屠夫闻讯逃之夭夭。刘直葵便指挥纠察队员，砸烂了团防局拷打农民的刑具，缴获枪支 30 余条。之后，抓到了何八屠夫的坐探熊四癫狗，当场进行处决。此后不久，在刘直葵指挥下，农民纠察队对另一土豪进行斗争。这土豪不是别人，就是乔口团总刘先华。刘先华是何迈全的爪牙，杀人放火、奸淫妇女无恶不作。曾在民国十二年（1924 年），乔口因洪水溃堤，百姓流离失所之际，刘先华一面趁机向农民派款，一面到湘阴雇来几十人担土复堤。一日，乔口孚泰南货号被盗，刘先华一口咬定是湘阴担土的民工所为，上报何迈全，何迈全立即派团丁前往，严刑拷打湘阴民工，之后将湘阴民工全部枪杀在乔口樟树岭。而其所收派款则全部吞为己有。这样的土豪，不杀不足以平民愤。在一个伸手不见五指的夜晚，刘直葵带领纠察队员，抓着了刘先华，并于第二天公开处决。刘直葵带领的农民纠察队，令土豪劣绅闻风丧胆。与此同时，农民纠察队在平日里开展禁烟查赌。刘直葵定期召开各乡农民纠察队长会，要求各队坚持上门查禁，巡更守夜。发现吸食鸦片和赌博之徒，轻者没收烟具和赌具，进行教育；重者进行罚款游街，使得烟民、赌棍为之震惊。

1927 年 5 月 21 日，长沙发生"马日事变"，反动当局开始大肆屠杀共产党员和农民协会骨干。长沙县成立"清乡委员会"，恢复了反动的挨户团，专门对付共产党和革命的工农群众。逃往外地的何八屠夫卷土重来，当上了长沙县清乡委员主任和县挨户团总团长。赵湘藻看到形势严重，通知农会骨干各自隐避。赵湘藻本人去了广西桂林，其他农会骨干也纷纷投亲靠友。此时的刘直葵身染重病，不能行走，只好藏匿家中。由于当地土豪告密，1927 年 7 月的一天，何八屠夫带领清乡团员到刘直葵家中将其抓住，并立即解送新康镇公所。在关押期间，刘直葵一身正气，坚不吐实，一直声称与所有农协干部都无瓜葛，反动当局无计可施，遂于 1927 年 7 月 10 日，将其押回乔口，旋即在唐家托将刘直葵进行枪杀，时年 29 岁。

一位雷厉风行的农民协会纠察队总指挥牺牲了，人们无不为之痛惜，无不为之怀念。中国华人民共和国成立后，人民政府对刘直葵的家属进行了抚恤，并认定刘直葵为革命烈士。

纠察队长杨笃衡

杨笃衡，清光绪二十七年（1902年）九月出生于乔口南坪岭一个殷实之家，幼年时不愁衣食，杨笃衡八岁在杨氏私塾读书，从《弟子规》到《幼学琼林》，一个懵懂少年多少接触些忠、孝、仁、爱和光宗耀祖之类的说教。在天天背书写字的循环之中，杨笃衡一天天长大了。十三岁时的一天，小杨笃衡第一次听叔父杨开兰讲"推翻满清，建立民国"的事，好奇的他几次追问叔父，满清是什么？民国又是什么？杨开兰是一位开明士绅，对当时的时势颇为关注，侄儿的提问，使他打开话匣子。从中国的历史到当今的时势，从外国的侵略到皇帝的昏庸，从武昌首义到民国建立，一口气就讲到了吃中饭的时候。要吃饭了，听得入神的小杨笃衡摇着叔父的手臂，还要再讲。一直以读书就能写算，就能掌家为出发点的父亲不耐烦了，呵斥着说：听这些名堂有屁用，既不能赚钱，又不能长谷！杨开兰在长兄面前不敢多说，只好默不作声前去吃饭。可小杨笃衡意犹未尽，很是不满地回敬了父亲一句话：你就只晓得赚钱，只晓得长谷，就是不晓得阳世上的大事！父亲来气了，用筷子敲小笃衡的头说：你还犟嘴，老子看你日后管好大的事。从此以后，杨笃衡很少和父亲说法，却背地里找叔父问这问那。叔父喜欢这个性格倔强的侄儿，几经与兄长商议，将杨笃衡送到杨家祠堂的育英学堂读书。在育英学堂里，杨笃衡接触了很多新的东西。时益阳莲子湖的杨海波也在学堂读书，这是一个激进的小青年，不知从什么地方弄来很多新书，新书上都是宣传革命的内容。这样一来，杨笃衡有机会借阅到那些新书。他在功课之余，瞒着父亲，如饥似渴地读新书。从此他明白了为什么有穷人和富人，为什么有的人一年做到头还吃不饱穿暖，为什么自家有那么多田而有些邻居却没有一寸土地。从此内心越来越对这个社会不满了，对父亲不满了。尽管父亲为他选好了亲，也办了喜事，还做了父亲，但杨笃衡心里总是想着书上说的那些道理。

1926 年 2 月,杨笃衡遇上了一个穿着长衫的先生,这先生与比杨笃衡大两岁的刘直葵谈话甚是火热。好奇心驱使杨笃衡一天背地里问刘直葵:这先生是谁?你们在一起说些什么?刘直葵把杨笃衡拉到一旁说:这先生名叫赵湘藻,是来搞农会的,你参加不?杨笃衡问:农会是做么子的?刘直葵说:农会是帮穷人的,是打土豪劣绅的。杨笃衡问:那我家爹老子算不算土豪?刘直葵想了想说:算半个土豪吧,因为他不欺侮人。杨笃衡又问:半个土豪的崽能不能入农会?刘直葵说:我去问赵先生就知道。几天后,刘直葵告诉杨笃衡:半个土豪的崽能入农会,我已经替你报了名。那年 3 月,杨笃衡第一次参加了乔口乡农民协会会议。会上赵湘藻得知杨笃衡既读过旧书也读过新书,便指定其为乔口乡农民协会宣传委员。宣传委员既要会写也要会讲,杨笃衡很适合这一工作。从此他天天外出开会、写标语。乔口乡农会因为宣传委员工作努力,当时成了十九区最好的农会。1927 年 1 月,杨笃衡调任新康镇农民协会纠察队队长。纠察队实际上是农民协会的武装力量,是打土豪、打恶霸的生力军,杨笃衡作为纠察队长,在捉拿何八屠夫时冲锋在前,在捉拿乔口恶霸刘先华的时候也是冲锋在前,在巡更守夜、查赌查毒等工作中也是冲锋在前。

1927 年 5 月 21 日,长沙发生"马日事变",革命形势急转直下,以何八屠夫为首的反动豪绅卷土重来,大肆屠杀共产党员和农会骨干。杨笃衡在农会领导人的安排下,转入地下斗争。1927 年 9 月的一个夜晚,杨笃衡刚回家,何八屠夫带领二十多人枪,分三层岗哨包围了杨笃衡的家。杨笃衡闻讯,连忙翻身跳到楼上,准备从屋上翻出后逃离。可还是被何八屠夫的人发现了,当即抓住送靖港。几番严刑拷问,杨笃衡坚不开口说话。杨笃衡的叔父杨开兰同情这个有骨气的侄儿,几次到还乡团与何八屠夫说情。何八屠夫尽管收了一笔丰厚的赎金,但不置可否。到了这年的 11 月 26 日,杨开兰再次来到还乡团,可此时杨笃衡已被押往靖港沙河湾。杨开兰追到沙河湾,何八屠夫煞有介事地说:你为侄儿写一张悔过的字条,我马上放人。杨开兰信以为真,转身就去找纸笔写字条,谁知就在杨开兰转身之际,罪恶的枪声响了,杨笃衡倒在血泊之中。

杨笃衡牺牲之时,年仅 25 岁。他是一个心怀大志的青年,是一个背叛家庭的志士，是一个立场坚定的农会骨干，是一个敢于斗争的纠察队长，是一个当之无愧的革命烈士！

民间医圣杨克明

　　杨克明，字思伯。原籍江西省抚州府金溪县大塘村。明洪武二年春，徙湖南省长沙县新康都十甲水矶口，是年秋，因水土不服，全家又返江西。其时，杨克明的舅父刘世麟力主杨克明再迁湖南长沙。杨春明听从舅父之言，于是年冬又迁湖南长沙，在水矶口麂茅场落业。杨克明曾在抚州名医苏孟兰门下学医，长大后且耕且医，渐以治疑难杂症出名。迁到长沙水矶口后，杨克明仍以行医为生。当时，其舅父刘世麟插标圈地占有极多的田产，因操劳过度而病倒家中，经众多郎中医治和求神拜佛仍不见效果，几至绝望。杨克明二次迁湘后，为舅父开了十服药，吃下之后便得以痊愈。刘世麟为感谢外甥救治之功，特了柳林江一带狭长田产相送。此事传开，方圆百里的人都知道杨克明有回天之术，临近长沙的宁乡县狮顾都，专门请去坐堂问诊。杨克明从此将田产交由二儿子世荣打理，自己带着大儿子世华行医。

　　洪武八年（1375年）秋的一天，乔口天后宫来了双眉紧锁的龙有财老汉，进门就对着天后娘娘神像长跪不起。女庙祝细问缘故，龙有财说：我家住樟木桥，家有一女，名叫龙秀英。三年前得一怪病，终日茶饭不思，卧床不起。女庙祝心生恻隐，对龙有财说：你再向天后娘娘说一遍，我为你请一支签吧。龙有财依言，跪地述说，女庙祝手摇摇签筒，一支签应声落地。签上写着四句话：

> 西边日头落，
> 东边月亮升。
> 日月转得快，
> 快去请郎中。

　　女庙祝好生奇怪，在天后宫这么多年，从来没有出过这样的签。带着疑惑的心理把签上的内容向龙老汉讲了一遍。龙老汉急了，心想，看来天后娘娘都不治女儿的病了，于是哭了起来。女庙祝一边安慰一边告诉龙老汉说：听说水矶口杨克明会治各种疑难杂证，或许是天后娘娘要你去找他吧。龙有财这才将信将疑出了庙门。说来也巧，龙有财出了天后宫，刚刚走到任家祠堂，就碰上了东家刘世麟公和一个身材高大的人。龙有财便向东家刘世麟公打听杨克明的所住地方，刘世麟公笑着说：远在天边，近在眼前，你找他有何事呢？龙有财便一五一十地将女儿的病说了出来。那高大个子口听了之后立即说道：我就是杨克明，你老兄家在哪里？龙有财一边倒地叩头一边说：我家在樟木桥。杨克明一听，抬脚就往樟木桥方向撩开了大步，那龙有财也辞别东家从后面赶了上来。来到龙家，杨克明再次听了家人述说的龙秀英的病情之后，就为龙秀英切脉。一脉切完，杨克明感到有些奇怪，便把龙家人叫到一旁，就龙秀英的病情说出一番话来，杨克明说：人有七情，即喜、怒、忧、思、悲、惊、恐，你们刚才说，秀英已经与任家订亲三年，且任家男子任宇善外出三年不归，秀英恐其生变而日夜思念。因此秀英所患之病是过分思念所致，过分思念则气机郁结于脾，这就是医书所说的"思则气结"，这种病是因为情感而发，因此必须以情志而疗，即所谓以情治情。这种以情治情有别于常理，不知各位家人是否赞同？龙家人一听都说只要能治好秀英的病，管他常理不常理的，请师救命为主，你就按你的办法治吧。杨克明听了，便对龙家人如此这般吩咐一番。之后，带着龙有财急匆匆走进龙秀英的病房，边走边高声埋怨说：好个龙秀英，既与任家订亲，就要守约，为何又想想另择攀高！说完，对着侧卧的龙秀英就是一记耳光。龙秀英"哎哟"一声，觉得又痛又冤枉，情急之下，便大声哭闹起来。只见她一边数落着自己如何坚贞如一，一边埋怨妈妈不该说出这样的话。龙家在另一间屋里，让龙秀英哭个痛快。一个时辰之后秀英哭得累了，停了下来，只喊要吃饭。龙家母亲连忙炒了一大碗蛋炒饭送进房来，秀英接过，几大口把饭扒完了，面色也好看了许多。这时，杨克明说：姑娘的病好了一半。说完对龙有财又如此这般一番，龙有财依计而行，请人以任宇善的口气向龙有财写了一封信，信中说不日便可回家。当这封信念给龙秀英听后，秀英听后，脸上露出了久不见到的笑容，还起身寻事做了起来。过了几天。杨克明再次来到龙家，看见秀英在做事，便对龙有财说：姑娘的病好了八成，十天之后便会全好。果不其然，十天之后任宇善回来了，第二天就送来"预报佳期"的喜帖。一切都如杨克明所说的那样，龙秀英的病全好了。

　　杨克明治好了神明都不介入的病，又能预测外出的人何时回家，这消息很快传出十里八乡。从此，居住在滨湖的农家人，有了三病两痛，都慕名前往杨克明那里求治。杨克明总是来者不拒，对每个病人都是过细地切脉，认真地开药单子。洪武十三年六月的一天，水矶口有个名叫周恕初的青年人，在吃鱼时被鱼翅卡喉，而这时杨克明被宁乡狮顾都请去坐堂问诊。周家人只好请几个法师画"九龙水"，可喝下都不见效，之后只能以汤粥进食，一拖半个月，一个身强力壮的后生折磨得骨瘦如柴。这天杨克明回来了，听说此事后，立即赶往周家配了几味药叫周恕初喝下，周恕初喉咙里的鱼翅立即化了，且就能吃饭。人们问杨克明配的是什么神药，杨克明说：我叫你们几句话，你们广为传出吧。说完他从布袋里拿出纸笔，工工整整地写了四句话：

　　　　三两威灵仙，白糖用酒煎。
　　　　鱼骨化成水，猪骨软如棉。

　　这四句话看似简单，却很管用。柳林江一带的人都喜欢下水捕鱼，也喜欢吃鱼，吃鱼时稍不小心，就有被卡的时候，特别是小孩，被鱼翅卡了只知道哭。有了这四句话之后，人们在家里常备这几味药，一遇鱼翅卡喉便立马服药见效。见了效就要说着感谢杨克明的话。

　　杨克明于九十多岁老死家中后，人称杨公老祖。地方上传出很多关于杨公老祖的故事。谁家的小孩子发高烧，只要焚香请动杨公老祖，求上一碗茶，叫小孩喝下，小孩便很快好了。杨公老祖归天后一百多年，这样的事甚至传到了湖北公安。据说公安闸口一个名叫刘得贵的人，得了黄肿病久治不愈。一天来了一个身材高大的人，自称是湖南长沙的杨克明，专治这种顽症。开了几服药吃下后，刘得贵的黄肿病居然好了。刘得贵病好不忘其恩，三年后带了些礼物来到长沙，寻找治病的杨克明。找来找去，终于找到了水矶口，问起杨克明，众人惊叹说：杨克明已死一百多年。刘得贵把那治病郎中的身材模样述说一番后，众人告诉他，你到杨家祠堂里去看看就知道。刘得贵真的来到杨家祠堂，一看那堂中的神像，竟然与自己在家中所见一模一样，于是倒头便拜。拜完，刘得贵找到杨家族上的人，当场认捐五十两银子，作为香火钱。地方上的人闻讯，也纷纷捐谷捐银，杨家族上更是责无旁贷，在捐谷捐银的同时，将杨家祠堂改建扩大，重塑杨公老祖金身，并在祠堂大门上额"杨公思伯庙"五个金字。杨家有个读书人，捐银之余，还为思伯庙撰联一副，嵌在大殿楹柱上。联云：

仁心处事　妙手回春　橘井甘泉滋万户
边邑蜚声　乔江载誉　神坛香火旺千秋

杨公思伯庙的香火从此一直很旺盛。人们说，在思伯庙里求的签特别灵，思伯庙里的杨公老祖总是有求必应。

威重龙塘苏攀仙

苏攀仙于清光绪年间生于龙塘金谷园。金谷园是苏氏宗祠"龙塘八景之一"，亦为宗人墓陇之墟，在祠北的田亩间与荷花园相峙，秋季站在祠堂东楼走廊朝北相望，一望无边的金穗，日落西山斜阳高照，好一片金色海洋。因有诗云：

> 石崇金谷腾鹃啼，
> 邱陇园林别有豁。
> 难得荷花园外水，
> 一泓相映夕阳西。

苏攀仙是苏氏长房嗣孙，其父少有田产，故家里并不丰裕。苏攀仙从小未进学堂之门，几岁就开始在湖中捉鱼捞虾，十岁以后为东家放牛、打零工。苏攀仙虽因家境贫寒少读诗书，但他好学求知，有空就到苏家祠堂的学馆里去旁听先生点书，还经常为先生打洗脚水和送茶点烟，从而得到先生的宠爱。由于先生的传授和自己的刻苦钻研，几年后不但能写会算，而且出口成章，成了当地的土秀才。他的父亲为了早日摆脱贫困，在苏攀仙十六岁时，便为其说了一门亲，并从简地办了喜事。妻子刘氏倒也争气，一连为他生有六个儿子，一个女儿。经过夫妻俩勤奋耕耘，苏攀仙家里渐见起色。到清宣统年间，其全家人口达到三十多个，置有水田三十六石，分布在金谷园与荷花园之间。苏攀仙四十六岁那年，其妻因病去世，中年丧偶使他备吃苦头，但他作为当家人，为了大家庭的和睦，坚持一直没有续弦再娶。民国二十年（1931年），他儿孙满堂，全家人口达到四十四个。由于他的家规严厉，执掌有方，三代人和睦相处。在严父慈祖的教导下，儿子是孝顺的，孙子是贤肖的，一家人一口锅吃饭，一开四席，秩序井然。不仅如此，苏家的狗都通人性，讲究礼数。家养三犬，每次就食时，一犬不到，二犬硬是坐等不食，直等到另一只到来，三只狗才动口吃食，这在当时当地传为佳话。苏攀仙后半生虽然富有且为一家之尊，但始终节俭，始终以"端平一碗水"的处世方法处理家庭事务。他自己节俭，家里节省，但对别人的帮助却很舍得。他父亲逝世的丧事期间，正逢灾害年成，讨米逃荒的成群结队。为了使这些人不空手而归，他请了四个劳力专加工稻谷，用扮桶装米放在停丧的禾场，对所有前来乞讨的见人发放，每人两升。消息传开，外地讨孝米的陆续增多，他不但不减发放的数量，远到的还留吃丧宴饭。因为加工不赢，后来就只能发放糙米。后来算账，这次丧事期间，为乞讨人群开销的稻谷共计五十担约 7000 斤。人们说，苏家为了打发叫花子，西边仓库都出空了。

由于苏攀仙为人正直，又能说会道，办事能力强，族人一致推举为龙塘苏氏族长。斯时的族长管的事多，族上的族谱要修，族上的祠堂要管理，祠堂的各种祭祀活动要主持，族中大小纠纷要调解，族人的困难要关注，对外姓族间的关系要联系，这些事，苏攀仙都处理得非常得体。对待族中的孝子贤孙，他亲自慰勉极力褒奖；对待族中的赌徒恶棍，他恩威并重进行教育；对待族中作奸犯科的人，他疾恶如仇铁面无私。因此，苏攀仙威信日增，每件事情只要他到了场，就能立即迎刃而解。苏攀仙六十岁后，身体渐衰行走不便，但族上的事情和地方上的事情需要他，族人和乡邻便用轿车子接送。因为其个子高大，体重一百六十多斤，两个轿夫抬了实在费劲。族上为方便他，专门新做一顶四人抬的绿呢大轿，作为他出行时使用。从此以后，每当人们看到有绿呢大轿出祠堂，就知道是哪里有事惊动了族长苏攀仙，也知道那里的事一定会摆平。故苏姓人们都说：如果有一顶四个人抬的绿呢大轿到你家来，你就要小心了。

神算奇人刘福林

刘福林于清光绪十年（1886 年）出生在湘潭县十七都一个刘氏大家庭。刘氏祖籍江西白果，明初迁湘潭。刘家为刘氏二房，其父生有五子，刘福林是为第四子。据传，刘福林满周岁那天，家里根据地方风俗，为其举行"抓前程"仪式，桌上有冰糖一坨，银圆一块和算盘一只，小小的刘福林一不去拿冰糖，二不去拿银圆，单单拿了那只长长的算盘，且喜不自禁。刘福林的父亲饱读诗书，因此写算俱全。看到这儿子居然爱上了算盘，在欢喜之余，因势利导，于刘福林四岁时，便教其学习珠算。先教"六百六"，刘福林很快就学会了；再教"小九归"，刘福林又很快就学会了；紧接着又教"大九归"，刘福林也很快学会了。其父看到儿子有天分，便将其送到族学读书。在族学堂里，小小的刘福林在背完先生所点之书的时候，经常向先生问珠算的一些疑难题目。那时的先生偏重于文字和文章，对算法少有涉及，因此，也经常被这个学生问得无言以对。为了不失先生的颜面，这位族学先生以"保举"为名，将刘福林介绍到湘潭县十七都公学堂读书。在十七都公学堂里，虽然有算术一门课程，但多少受传统私塾的影响，算术课不被重视，学生也大多不感兴趣。刘福林因为珠算底子好，对算术课很感兴趣。一个中年的公学先生慧眼识珠，背地里对刘福林进行点拨。刘福林在这位中年先生那里，学到了"斤求两，两求斤"，还学到了"六归七二五除"。"六归七二五除"就是用一除以六千七百二十五，当时的算盘只有九档，运算时从左开始，先后以"六一下加四、一七除七有三、一二除二有八、一五除五有五"等口诀算完第一轮，之后，再从第二位数"三"开始运算，直算到九档算盘上是一、二、三、四、五、六、七、八、九为止，如算盘长，还可继续运算。这使刘福林大有长进，因为，演算"六归七二五除"，既要有"小九归"和"大九归"的口诀和基本功，也突破了"神仙难打四七归"的门槛，更要有缜密的思维和良好的记忆。此后，由于战乱，十七都公学停办，刘福林虽然辍学在家，但他仍然坚持每日不离算盘。久而久之，刘福林能双手同时打算盘，而且百算百准。成年后的刘福林身材高大，所以食量极大，一餐能吃一升米的饭，也能吃完几大碗肉。这样一来，刘福林的算盘出了名，会吃也出了名，方圆几百里都知道这个青年人不但会吃，更有了不得的本事。

民国初年（1912年），湘阴县西里围重修堤垸。西里围地处洞庭湖之南、湘江之出口，这里水势紊乱，水流湍急，每逢汛期，十有九溃。那年冬天，当时的民国地方政府刚刚建立，本着对民生的关注，决定"以工代赈"重修西里垸堤防。所谓"以工代赈"，就是政府下拨的银钱不直接发给灾民，而是发动灾民上工地担土筑堤，再按工日发给工钱，以实现既修好了堤垸又救济了灾民的双重目的。这样一来，计算土方、换算工日、结算工钱等，每天都要到人。这是一项极为繁杂的事务，一般能写算的人，难以胜任。正在西里围堤总为难之际，有人推介了刘福林。西里围堤总抱着试试看的心理，来到湘潭，找到了刘福林，说明事项之后，刘福林满口答应。三天之后，刘福林成为西里围重修工地的"估方员"。这估方员责任重大，从工程造价、工段摆布、土方计算、工日估放等，都要事必躬亲，实际上是工程的总施工员。白天，刘福林要在工地全线巡视；晚上，刘福林要在工棚里挑灯计算。冬去春来，西里围堤防重修圆满结束，刘福林的工程总规模、工程总开销、工程明细账目等，也同时上报下传。这与别的地方在工程结束后一年多还在算的速度，真是天壤之别。西里围堤总为了感谢刘福林，特此蒸了一只六斤重的猪肘子，煮了三斤糯米饭，与刘福林一起大吃了一餐。刘福林不但受到堤总的夸奖，也受到人们尊敬，其名气也因此更加传开了。不久，长沙县的团头湖、宁乡县的闸坝湖与益阳县的七里湖分湖治水，整个工程是在三湖分界之处筑堤，湖堤与湖堤之间建闸通水，以实现外截江流，内调溃水。长沙县在团头湖一个马转坳的地方，要建一特大水闸，作为团头湖对外泄洪的出口。大闸有三十丈长、一丈高、九尺宽、全部为麻石砌就。麻石全部从一百多里以外的丁字湾经湘江、柳林江船运过来。负责这一工程的新康都总袁天发，听说了刘福林在湘阴西里围打理工程的能力，便几经问访，将刘福林请到团头湖，告知其工程概况，要求其拿出十全十美的办法来。刘福林详细询问了团头湖大闸的规模之后，略有所思，然后说：这麻石最好在丁字湾打凿成型，这样就能减少水运成本，又能加快工程进度。这一方案是袁天发没有想到的，听了之后，既感到非常满意，又感到非常为难。于是问刘福林：这样做好是好，可是到底要多少成型的麻石呢？刘福林说：这个你不要急，只要你同意，我当然会保证不多也不少！袁天发当即表示，只要能那样，我新康都有多处公田，随你选一处！事情就这样定了下来，刘福林在团头湖边的一家杨姓人家住下。算盘响了三天三晚之后，袁天发来了，刘福林将几页清单交给他。袁天发在最后一页看到，上面写着：三尺长、三寸厚、一尺宽条石九百块，三尺长、一尺宽高条石一千六百块（其中槽石三十二块），券石一千二百块，石狮四尊，石柱四根，石梁两根。看完之后，袁天发说：刘先生，我们一同到丁字湾去。一个多月后，丁字湾那边一切按照清单做好。团头湖大闸如期开工。工地上，由于有刘福林具体运筹，进展很快，两个月后，一座崭新的大闸全面竣工。果然不出刘福林所算，所运过来的石材，不多一块，也不少一块。且其建闸时间比预计减少两个月，其建闸用费比预计数减少一半。

袁天发彻底佩服了，当即派人到湘潭，把刘福林全家接过来，安排在乔口南湖祥和岭居住，并赠置业田五石。从此刘福林落籍新康镇十甲。乔口和湘阴、益阳等地，有建闸、修桥、筑堤以及建造祠堂、庙宇、牌坊等大事的，都来请刘福林前去施工，刘福林的神算和思维，成了这一带智慧的化身。晚年的刘福林儿孙满堂，仍然身体硬朗，据说他七十岁时还能一次吃完三斤重的肘子，能穿三斤重的棉裤快速行走，要盖上十八斤重的棉被才能睡得着觉。晚年的刘福林注重传授算术，先后培养了很多珠算高手。二十世纪五六十年代，乔口花山、丰兴、南湖等十几个大队的会计，都是他的弟子。1963年，刘福林老人无疾而终，享年七十九岁。

祥和班主刘瑞钦

乔口蓝塘寺村的祥和岭，很早就是花鼓窝子，更是乔口花鼓戏的发源地。这是因为，祥和岭很早就出了花鼓戏班名叫"祥和班"，祥和班创始人名叫刘瑞钦。刘瑞钦于清光绪八年（1883）出生在祥和岭上一个富有之家，父亲刘大寄，生有三个儿子，长子刘瑞庭、次子刘瑞轩，刘瑞钦是其最小的儿子。刘家有田十五亩，雇有长工短工。刘大寄望子成龙，很早就将刘瑞钦送到刘氏族学读书。

弃学从艺

刘瑞钦在攻读之余，游山玩水十分自在。由于天资聪明，父母宠爱有加，也就让其养成了执拗的性格。当时，刘瑞钦的舅父是个有名的职业道师，刘瑞钦经常去到舅父家玩耍，一去就是几天。受舅父职业的影响，年方十六岁的刘瑞钦一意孤行，放弃了读书，拜舅父为师学做道师。由于刘瑞钦喜爱道师这门职业，因此倒也学得非常认真刻苦，加上得到舅父的真传，两年时间，不但在写、读、唱、做、念等方面出类拔萃，而且在乐器行当上也是打、吹、弹、拉样样在行。刘瑞钦十八岁便独立掌坛主持法事，不论祠堂祭祖，还是民家丧事，不论是打醮求神，还是寺庙法会，他都能全套全程主持，因在乔口、湘阴、益阳一带名声大振，方圆百里都恭称其为"刘满道师"。道师的文武场面与花鼓戏是相通的，刘瑞钦在做法事之余，还经常和宁乡、益阳花鼓戏班社演员活跃在一起。花鼓戏班子看中他文武场面的实力，总是要他坐席打鼓。这打鼓，在当时可是地位之高，因为，鼓师为指挥之首，进出场、亮相点、小细节，都少不了鼓师发"点子"，因此，不论饰演何种行当，都不敢得罪鼓师。刘瑞钦开始时还讲些客气，渐渐地也就当仁不让，俨然就坐鼓师的位置。刘瑞钦记忆惊人，每唱完一出戏，他都能烂熟于心。有几次台上的演员忘记台词，刘瑞钦一面打鼓，一面为演员提词，有时甚至还能代唱几句。时间长了，刘瑞钦的天分、为人和特长受到班里所有人的肯定。益阳欧江岔花鼓戏班班主孙阳生，特别看重刘瑞钦，多次提出要他改行学唱花鼓戏。刘瑞钦当时没有答复，因为他要经得舅舅同意后方可改行。光绪二十八年（1902年）十月初，舅父终于同意外甥改行唱戏，刘瑞钦进入益阳红泰班习旦行，因他生就的好嗓音和好身材，又精通乐理，加上他勤学苦练，不到三年时间，他所表演的青衣旦行有了独特演艺水平。他所扮演的孟姜女、龙王三公主、秦雪枚等在周边的三县境内很有名气，每到一处观众都要看刘瑞钦的戏。有次在益阳兰溪，演完戏后观众要求看人，刘瑞钦抓紧下妆后拿一包纸烟走到人群中一边开烟，一边请观众提意见。从而留下了台上台下之间的深情厚谊。

自组戏班

乡村花鼓戏班多数都是半职业性的，农忙务农，农闲从艺，演员来自于泥木篾匠、种田汉子、江湖侠客等。红泰班除以上职业人外，还有三人是皮影戏演员。那时的皮影戏在乡村流行鼎盛，非常走俏。是时的皮影，唱的是湘剧南北二路，故在民间称为"大戏"。皮影戏所演的戏都是历朝大型传记连台本，唱腔和乐器都是来自于湘剧传承，因此菩萨生日、祠堂祭祖，许愿、还愿一盘都是请皮影戏班唱几天几夜。"皮影戏"既简单又经济，一般是三个人，一张扮桶，下雨天就在堂屋阶基上，易起易散。这样一来，皮影戏挤占了花鼓戏班社的空间和地盘。红泰班内有两个皮影戏演员，虽然人在红泰花鼓戏班，但仍没有丢开原来的业务，他们舍不得丢掉老饭碗，经常离开班社一去就几天几晚。由此以来，演员情绪不稳定，业务逐步下降，红泰班因此陷于瘫痪。光绪三十一年（1905年）五月，刘瑞钦邀请了益阳的花鼓戏名家谢长发，宁乡的王命生，在本地招收徒弟十二人，购置行箱、乐器，在自己的家里组成"祥和班"。为了稳定班社，他们边排练边演出。那时，本地方的喜庆、寿诞、小孩三朝都会邀请祥和班演上几场。富有的人家，除鱼肉酒饭招待外，还将发给工资。为了使社班的巩固和发展，使演员们在实践中锻炼求知，进而得到观众的好评价，刘瑞钦不分贵贱，不讲究排张，不考虑经济效益，为家境不好的人家上门演出。祥和湾的刘五嗲，所生四子，都是为人做长工，也都已婚配成家。可这四兄弟的堂客都没生一个崽。这年八月，老四得了一个男孩，一家人好不欢迎，刘五嗲笑得合不拢嘴，四个儿子媳妇都想热闹热闹。但打工做事的哪有闲钱请戏班子唱戏，因此，手中无钱提气不上。刘瑞钦得知消息后，主动上门表示，自己贴工资为刘五嗲一家唱戏，接着就把箱担运至刘家，一起搭台，一起布场，热热闹闹唱了一天一晚的戏。这事传开，人们既是赞扬又是调侃，编出一段顺口溜，一直流传到现在：

　　　　祥和岭戏班，箱担自己担。

　　　　只要有饭吃，台都自己搭。

　　刘瑞钦一生热爱花鼓戏，自改行从艺以来，他就与花鼓戏结下不解之缘，不但热忱于唱戏，而且还别具匠心地整理花鼓戏剧本。凡出自本乡本土民间流传的手抄花鼓戏剧本，其中的淫秽语言和错别词语，他一律加以修改论证。与此同时，他坚持演刊本戏，未经整理的皮影戏剧本即所谓桥本、水戏他从不搬上舞台。"祥和班"因有刘瑞钦的层层把关，加上全体演职员工的勤奋学习，自班社成立以来，从坐台唱到草台，从草台唱到正规舞台，从本乡土唱到临县的城镇乡村，唱到哪里就红到哪里。

　　走红的戏班有人妒忌，也有人眼红。清光绪三十三年（1907）正月十六日，是益阳牌口杨健嗲的七十大寿，特邀了本县欧江岔兴泰班和祥和班，同场演出。杨家在屋前搭两座戏台，要求两个班子同唱两天花鼓戏。老板要求第一天的开台戏都演庆寿戏。兴泰班的班主是本地人，听说还跟杨家二媳妇的姐姐有一腿，因此自以为必胜。是时，东边的戏台搭在晒谷坪上，坐北朝南，地势虽高，但是背风处；西边的戏台搭在厨房斜对门的润干稻田里，坐西朝东。两个戏台虽不是对面，但距离不到二十丈。杨家老板为了对东西戏台进行得体的的安排，便请两位班主到堂屋商议。还是"兴泰班"班主圆滑，他提出，谁能演大型传统戏"郭子仪上寿"的，就在东边戏台；只能演"穷富上寿"的就在西边戏台。"郭子仪上寿"是出大戏，剧中人物复杂，出场演员众多，剧情中有苦有乐，有喜有悲，还有大花脸造反，平反时帅将兵马若干，刀枪耙棍大打出手，一般的花鼓戏社班莫说是演，连看过这出戏的人都为数不多。看到祥和班主刘瑞钦没有作声，兴泰班主接着说：祥和班是客位，又是名班，就请上东边戏台吧。刘瑞钦听完说道：你师兄的兴泰班人马齐全，又是东道主，当然上东边戏台。兴泰班主求之不得，立即答应了。第二天午宴后，东边戏台右侧墙上贴了一张大红纸海报，上面写的是：下午演出大型武打戏"郭子仪上寿"。台上的开始打得紧锣密鼓，演戏妆房被观众包围。他们从未看见过这么多演员，这样稀奇古怪的服饰，尤其安禄山的打扮更为震惊，大红花脸，身穿大靠脚踏朝靴。观众议论纷纷。人们都说：这是真正的大戏班子！一位三十岁左右大嫂把男人拖出来，硬要他赶快把岳父岳母接过来看"大戏"。议论未息，大戏开场了。鼓起锣鸣，一个"大矾头"锣鼓点子送剧中郭子仪夫妇出场了，接着就郭龙、郭虎、郭爱及三个闺女上场分别与父母拜寿后，各自有一段唱词祝寿。轮到三小姐唱时，大筒师傅拉完过门停住等他开口，但这扮演三小姐的角色忘得一干二净，哑口无声。打鼓的骂，拉大筒的催，打小锣的提台词，台下观众起哄，你一句他一句，演三小姐的更加糊涂了。最后还是三十六计走为上策！三小姐水袖一甩下场了。这时，观众站起来骂：饭桶，收场！就这样，一下子闹得不可开交，老板出面再三讲情赔不是才平息。观众不骂了，有的却慢慢地溜到西坪去了。接着唱到安禄山造反上场，起完霸报名时，他一时忘记报不上名，便慌了手脚，司鼓师傅精明，连提几个"安"字，他便结结巴巴地报三个安、安、安，其禄山的名字就丢了。这下更糟了，一个大汉子观众跑到台上，抓住打鼓佬拖到台口训道：你们这班饭桶，还冒称唱么子大戏的，连一个反王的名字都搞不清，你们一错再错，还不与我回去。大汉一边伸手往台下走一边说：老子不晓得你们都是一些唱影子戏的鬼，一口的浪淌白……众多的观众知道底细后巴不得闹，走得差不多了。西边戏台的"祥和班"演的"贫富上寿"又名"嫌贫爱富"。这出戏是他们的拿手戏，因为刘瑞钦在整理剧本上下了功夫，经过精心排练合乐成了经典。在演出时他们还抓住观众的心里，因观众多数出自于贫穷，他们对那些嫌贫爱富的恨之入骨。演员中嫌贫的夫人和贫穷的女婿都表演出活生生的，非常到位，受到观众的喜爱，有的观众流下泪来。寿星杨件爹是个花鼓戏迷，亲自上台鼓掌，还连连说道：好、好。意犹未尽的老寿星，还要帮忙的人抬一箩鞭炮不停地放。尽管北风增大，毛雨纷飞，但在场的观众都看得入了神，台下一时鸦雀无声。奇怪的是，东边兴泰班的演员们，有的带妆，有的本脸，逐个逐个的过来看祥和班的戏了。他们到底是来赶热闹，还是来捧场，那就只有他们自己才晓得。这一对台戏，刘瑞钦的祥和班大获全胜，祥和班因名气更大了。

合班进城

清光绪三十四（1908 年）十月，长沙花鼓戏艺人杨保生、蔡教章联名，邀请刘瑞钦等 12 人组成湘春剧团，进入长沙市井茶座和营盘街中华剧院等处，坐场售票演出。宣统三年（1911 年），在坡子街演出时被警方查禁取缔后，刘瑞钦回到祥和岭家乡。民国二十五年（1936 年）由长沙花鼓戏名家钟瑞章、张寿保等发起，特邀刘瑞钦等二十四位花鼓戏艺人，重整旗鼓，组成"兴泰班"职业剧团。所有人员和剧本经审查后，长沙市公安局治安科发给"特业许可证"，于同年秋在长沙绿坪书场演出。1948 年 5 月，刘瑞钦、蔡教章等收编于长沙民政剧院，成为专职艺人，一边演出一边传艺。1961 年 4 月刘瑞钦光荣退休。刘瑞钦回到家乡后，身体虽然欠佳，但仍就不知劳累，整理剧本，授徒传艺。周边邻县十里八乡的花鼓戏爱好者，听到刘瑞钦告老还乡的消息，有的前来看望，有的请他任教。刘瑞钦从不怠慢，乐意接受。1966 年 10 月 12 日，刘瑞钦因病治无效不幸与世长辞，享年八十三岁。

刘瑞钦一生从事花鼓戏艺术生涯，德艺双馨，桃李遍湖湘。他虽已离开人世，但他在乔口"祥和岭"上种下的这棵花鼓戏种子仍然是根深叶茂。

花鼓名师刘景坤

刘景坤，1920 年 10 月出生于乔口镇荷叶湖村的一个农民家庭，1933 年小学毕业后学做泥工，16 岁到祥和班学唱花鼓戏，师从刘瑞钦。刘瑞钦见其嗓音洪亮宽厚，身材高挑匀称，便教其学习唱文武小生行当。刘景昆悟性很高，一招一式一学就会，一学就能上台。经过几年的历练，渐成祥和班的台柱。在祥和班中，其小生行当的唱、做、念、舞，无出其右。与此同时，刘景昆还兼习青衣小生和短袖花脸，其演唱艺术逐步形成自己的风格和流派，这不但令师傅刘瑞钦钟爱有余，更深受观众喜爱。尤其饰演青衣小生，那种落魄、潦倒，那种骨气、才气，表现得淋漓尽致。时长沙花鼓戏界有胡华松饰演小生闻名城乡，然胡华松以饰演春风得意的人物见长，演贫困青衣小生却逊于刘景昆，故斯时有"风流小生胡华松，青衣敌不过刘景坤"的赞誉。

1946 年，刘景昆随师刘瑞钦进入长沙城，在沿湘江城、镇口岸演出。进入长沙绿书场的开张戏，就是刘景昆和卞玉庭同台演唱的《王金龙探监》。这一出戏中的王金龙由刘景昆饰演。王金龙为了爱情，以春风得意的八府巡按身份，进入监狱之中，探望久别的受冤的情人苏三，正当两人在狱中缠绵倾诉时，早就欲置王金龙于死地的知府刘丙来到狱中，使得王金龙无有退路，情急之下，王金龙装疯，接着唱道：

> 我不免装疯癫逃出罗网，
>
> 抓一把黄土泥擦上脸庞。

那刘丙紧唱道：

> 叫人来将红灯高高照起，
>
> 却原是王金龙来探监牢。

我这里装糊涂不相认识，

看小子怎能够出得监牢。

王金龙接唱道：

正要他不相认才好开口，

把几句恶言语将他损伤。

有等人遭冤枉未曾审结，

枉费你受朝廷爵禄恩高。

那刘丙终于露出凶相，接唱道：

何方贼深夜里来到此地？

是何方贪花子秘探监牢？

王金龙半疯半癫地对唱道：

我本是东土星从天而降，

查人间善恶事黑白昭彰。

有一日驾祥云把天来上，

遣天兵和天将捉拿贪官。

那刘丙见王金龙毫无退让之意，便一步紧似一步发起攻势：

王金龙换文凭欺了皇上，

王金龙针锋相对：

八宝炉哪怕是烈火金刚！

刘丙问：

倘若是宋天子把罪降下，

王：只有我王金龙一肩担当。

刘：叫人来你与我将他拿下，

王：（白）谁敢！（唱）我本是都察院八部都堂。

刘：（白）我却不信！

王：我这里有金印狗眼观看，

　　枉费你巧机谋空喜一场！

　　此时的刘丙吓得魂不附体。王金龙唱完，还不忘丢下一句道白：年兄，得罪了，少陪了，哈哈哈！这一连几十句的对唱，一句紧似一句，把一个探监装疯的八府巡按表现得淋漓尽致，把一个心怀计谋的刘丙戏耍得无计可施。随着剧情的跌宕，人物身份的转换，人物内心的思维，人物表情的变化，人物身段的招式，刘景昆饰演的王金龙，无不入木三分。观众看呆了，观众感动了，座无虚席的书场里，鼓掌雷动，叫好声不断。就这样，刘景昆进入长沙演出，头炮打响，轰动长沙城乡。1949年，铜官镇花鼓戏艺人骆大仙发起，邀集刘景昆等30多名花鼓戏艺人，在靖港成立一个民间花鼓戏剧团，在芦江剧院座场演出。每当海报贴出，只要看到有刘景昆的戏，便是一票难求。后剧团至长沙市新民剧院演出，因有刘景昆等几个台柱演员，演出的艺术水平比其他班社略高一筹，加上班规又严，因被长沙市文化局看重，给予办理登记手续，并命名为长沙湘舞花鼓戏剧团。1955年国家文化部做出"民间职业剧团需就地规划"规定，剧团正式定点属望城县，改为"望城县湘舞花鼓戏剧团"，刘景坤任团长兼导演。1957年，湘舞花红鼓戏剧团在铜官演出过家到靖港时，因遇到大风大雨而迟到，团长刘景昆受到不公正的待遇，被撤销团长职务，但他始终忠于艺术，一如既往地从事花鼓戏的研究和演出。1959年靖港成立花鼓戏剧团，刘景坤、卞玉庭带领所属靖港籍的演员和得意弟子等12人回到家乡靖港，重新起班演出。刘景坤成为靖港花鼓戏剧团艺委会的成员，负责表演、导演和排练。

　　刘景坤虽然没当上剧团团长，但他对艺术的追求、对花鼓戏的传承从未放弃。他一生重艺重才，对艺术精益求精，从不马虎草率。他深知靖港虽有花鼓戏之乡的称誉，但他对靖港花鼓戏演员的阵营，每一名演员的功底，演员的年龄结构等方面了如指掌。他深知，单纯地靠一批老演员演出，是难以为继的，因此他极力培养新秀，培养接班人。他暗下决心，把自己在花鼓戏中的一生所学和艺术专长在靖港剧团发扬光大。当时剧团中有个名叫侯谷生的，并不是他的徒弟，但侯谷生为人正直、好学、肯钻，在乡下演小生多，嗓子、身段、扮相都合乎饰演小生行当的条件。刘景坤经过一段观察，认为是个好苗子，便对侯谷生进行悉心指导。他利用一切机会，对侯谷生在扮演角色中所任用的唱腔、道白、身法、表情等，进行点评，进行设计，进行示范。同时，凡上演剧目中的小生行当尽量让其上，让其多历练。有几次剧团到刘景昆的老家乔口演出，观众纷纷提出要求，指定要看刘景坤的戏。尤其在上演《王金龙探监》和《珍珠塔》时，观众拍手要求刘景坤上演，但他却推出侯谷生上。在演出之前，他假装着沙哑的嗓子，到台前与观众道歉说："对不起，我因感冒嗓子坏了，侯师傅是大师傅，比我强得多。"这才得到观众的同情，侯谷生顺利地出场了。侯谷生也不负众望，表演确实发挥很好，观众看了非常满意，给予热情的掌声。

　　1966 年，靖港剧团解散。刘景昆回到老家，从事泥工手艺。在天天要出工做事的情况下，刘景昆不忘本行，坚持在晚间指导大队文艺宣传队排演小型节目。时乔口各大队都有文艺宣传队，争相前来请刘景昆前去当导演。后在普及样板戏的潮流之中，刘景昆更成了忙人，临近乔口的湘阴、益阳周边社队业余剧团上门奉请，班师上门的络绎不绝。1986 年，刘景昆因患肝癌医治无效，与世长辞。刘景坤一生与花鼓戏结缘，可谓是德艺双馨桃李遍三湘，为花鼓戏的传承和发展做出杰出的贡献。

第八章　歌舞民风

美丽的柳林江滋润了鱼花港的土地，使得这里物产丰稔，使得这里的人民有了赖以生存的基础。不仅如此，在漫长的船来人往中，柳林江还给这方土地带来了诸多外面的文化。外面的文化与本土文化一经融合，便造就了一方特有的水乡文化。水乡文化在本地的民风民俗中不断演化，便形成了鱼花港的歌舞民风。

百看不厌的花鼓戏

鱼花港的祥和岭，一直被人们称为戏窝子，这是名副其实的。一是因为祥和岭上有个专业的花鼓戏剧团——祥和班，二是因为祥和岭上出了几个花鼓戏名角，三是因为祥和岭一带经常上演花鼓戏。

其实，这三个方面都还是表面现象，表面现象的背后，还有一个很重要的原因，这就是祥和岭上看花鼓戏的观众多。祥和岭一带的人都喜欢看花鼓戏，尤其是看戏入迷的人特别多。１９５６年８月１日，当时的丰兴农生产合作社为了庆祝早稻丰收和双抢结束，特地在农业社的前坪上搭了一个大台，开完庆祝会便开始上演花鼓戏。紧挨戏台不远的第三生产队的刘七嫂子是个戏迷，早早地把家里的事情搞好，便抱着不满三岁的儿子、提着一条高凳来到台前，选了一个最好的位子坐下。花鼓戏开锣了，台上演的是《湘子化斋》。戏中的林英小姐由著名的男旦刘瑞清扮演，韩湘子化变的和尚由著名的小花脸刘满师公扮演。戏中的韩湘子进入后花园后，便与林英小姐调起口味来，只听见林英小姐一声道白：好，你且听来！然后唱道：

> 你口口说的仙家话，
>
> 我要把盘古之事盘一盘。
>
> 你晓得自古混沌何人开？
>
> 你晓得何人造出四书来？
>
> 什么帝王造五谷？
>
> 什么帝王造衣裳？
>
> 什么帝王把男女分？
>
> 何为乾来何为坤？

何为阳来何为阴？

什么八卦定乾坤？

什么人说话如雷打？

什么人一句"阿弥陀佛"念得到如今？

那韩湘子变化成的和尚接过话说：呵，咯还不晓得！

小姐莫把盘古盘，

提起盘古我答得圆。

我晓得混沌本是盘古开，

我晓得孔夫子造出四书来。

神农皇帝造五谷，

轩辕皇帝造衣裳。

伏羲皇帝分男女，

天为乾来地为坤。

日为阳来月为阴，

文王八卦定乾坤。

太上老君说话如雷打，

如来佛把"阿弥陀佛"念到如今。

那韩湘子一边唱一边做出那些滑稽动作，使刘七嫂子笑得前仰后合。这时，台上喇叭合着锣鼓，一齐奏起。这时，突然有人喊：刘七嫂子，你家的猪出来了。刘七嫂子一听，连忙抱着儿子回家。刘七嫂子回到家里后，将儿子放在竹床上，拿起一根竹竿就去赶猪。待她将猪赶入猪栏，那边的锣鼓喇叭又响了起来。刘七嫂子知道，接下来的戏更好看，于是她三下五去二将猪关好，就直奔戏台前坐下看戏。这时的戏正是林英小姐唱得行云流水：

你今知道盘古事，

我今把天上之事盘一盘。

你晓得什么星子头一个？

什么星子红似火？

什么星子白如银？

什么星子出不得南天门？

什么星子两公婆？

什么星子织绫罗？

什么星子收拾打扮娘家去？

什么星子随后梭？

什么人一看事不好，

手拿什么划什么河？

什么星落在河东岸？

什么星落在河西坡？

年年有个几月几？

什么搭桥在什么河？

几月几日相一会，

从此人合地不合？

那和尚哈哈一笑说：小姐，这是小菜一碟哩！接着唱道：

紫微星子头一个，

太阳星子红似……

伴月星子白如银，

扫把星子出不得南天门。

秤砣星子两公婆，

张七姐下凡织绫罗。

织女星收拾打扮回娘家去，

牛郎星子随后梭。

王母娘娘一看事不好，

手拿金钗划银河。

牛郎落在河东岸，

织女落在河西坡。

年年有个七月七，

喜鹊搭桥在银河。

七月七日相一会，

那才叫，从此人合地不合。

锣鼓喇叭又搂着唱腔奏起来了。可这时又有人喊道：这是那家的伢儿，掉到弯塘里了哩！众人都循声去望，唯独刘七嫂子看得正是当紧之处，眼睛一直在台上。这时那人喊道：这伢儿是刘七嫂子的呀！刘七嫂子这才想起，关了猪后，不记得抱伢儿过来，这才连忙起身，直奔那塘边。幸好那人发现及时，伢儿并无大碍。刘七嫂子从那人手中接过伢儿，一面在伢儿头上连向上抹了三下，连说三句：伢儿在这里！之后，又往戏台下赶去。这事传开之后，有人拟了四句顺口溜：花鼓开了场，七嫂子走得忙。丢下伢儿跑，伢儿在弯塘。

在鱼花港，像刘七嫂子这样看戏几乎误了大事的还有很多。如南坪岭的汪四林，看完三天戏，把自家的茅房烧了；如南湖的杨二嗲，因家中有事，看戏迟到了，没地方站，就只好站在水凼中，待把戏看完，小腿上巴了六条蚂蟥……

正是因为祥和岭一带有如此众多执着的戏迷观众，所以这里的花鼓戏不但代有戏人，也代有戏迷。如今，祥和岭一带的花鼓戏办得更兴旺。2008 年，祥和岭所在的蓝塘寺村纳入新农村建设示范村，由于上级政府文化部的支持，该村投资十多万元，组建了蓝塘寺花鼓戏剧团，还组建了龙灯队、军鼓腰鼓队、管乐国乐队、中老年妇广场舞团。目前，全村共有文艺骨干演艺人员二百四十多人。他们长年活跃乡村，当地的婚丧喜庆等只要需要，他们随时出动。各自以不同形式，进行演出。农历九月二十八日是华光菩萨圣寿，自古就有所辖信民自发组织庙会祭祀活动。村上利用这一传统庙会，于 2011 年举办了蓝塘寺村农民艺术节。在村委会的精心组织和策划下，由花鼓戏剧团坐场演出，其龙灯队、腰鼓、军鼓、管乐、团乐、广场舞团队轮流表演。他们各显身手展示自己的风采。喇叭声、鞭炮声、锣鼓声、歌声、谈笑声响彻云霄。一位外乡老者在观看中高兴地说道：如今的祥和岭不但是戏窝子，而且是快活岭了。

气势恢宏的舞龙灯

玩龙灯也叫耍灯，是鱼花港地区场面最大、最热闹、最丰富多彩的大型群众文化活动。玩龙灯一般是在节日、庆典和庙会活动中举行，春节期间最为盛行。

玩龙灯的组织机构为龙灯会，一般以姓氏、庙王、行会为单位组成。以姓氏为单位的龙灯谓之族灯，以庙王为单位的龙灯谓之庙灯，以行会为单位的龙灯谓之会灯。龙灯会负责组织人员、制作灯具、灯舞操练、出灯圆灯和灯具保管。其经费开支一般开始时由众人捐赠，直到出了灯有了红包收入，在活动结束后进行算账，收支两抵的剩余部分作为工钱发放，再有结余则留作来年作启动资金。

玩龙灯的队伍庞大，道具很多。其主体是两条龙形彩灯，每条彩灯上有大龙头一尊，连接龙头的是有龙麟、龙鳍的龙被，龙被将篾织灯笼连在一起，篾织灯笼必成单数，一般七至九个，灯笼下置木柄；彩龙的动作由"龙珠"统一指挥，"龙珠"又称珠叉；彩灯的前导是两至四个宫灯，俗称"亮壳子"，宫灯之后是两块道牌，道牌上写该龙灯会的名称，有的龙灯会不用道牌则用道旗；彩灯之后是大锣、大鼓、大号、唢呐、国乐、西乐即各色彩旗多面。1949年以后，有的龙灯会还增配一条长约三十二至六十四把子的摆龙，摆龙围绕着舞动的彩龙，以壮声威。打亮壳子的人一般是德高望重的地方贤达，因为关系到主人的热情接待。

鱼花港地区玩龙灯有地域界线的习惯。哪个庙王菩萨的灯，就只能在那庙王所管辖的范围内玩耍。不然就乱套，乱套就容易出事。据说很早以前，青龙灯会和红龙灯会就因地盘一事发生过大械斗，此后一直不解过节儿。后来，顺风山杨泗庙青龙灯玩至荷叶湖北边的杨家湾时，苏家大屋的苏春爹，见青龙的各种舞蹈图案（俗称合子）玩得出色，大饱眼福。因此他找青龙灯会主持人肖三老倌再三要求，要他们过湖到他家玩耍。青龙灯会主事人有些犹豫，只好含糊不定地回答"看看"二字，苏春爹以为青龙灯会答应了，便回去筹备酒宴，还派人购回大量鞭炮，并将其拆开从自己庄园摆至荷叶湖的延寿桥边。下午未时末刻间，当青龙灯队伍离开杨家湾时，延寿桥上的鞭炮点燃，上十杆火铳齐鸣。在这烟雾朦胧彩花满天之时，苏春爹拦路打招呼迎接。青龙灯会在不得已的情况下，过桥进了庄院，还是按原来的套路高喊恭喜恭喜并依顺序走进堂屋。众人将龙灯把子放下，边抽烟喝茶，边请东家老板苏春爹说明缘由。苏春爹说，我小时候就听我爷爷说过：很早以前，我们砂塘寺关爷的红龙灯会曾过荷叶湖的延寿桥到杨家湾一带玩灯。大半天时间所获钱财彩礼请脚夫挑运，当地人眼红，邀请众多的百姓和打手拦在延寿桥上，拦截抢夺。红龙灯会都不势弱，双方大打出手，虽无死亡，双方的伤残却不少。最后还是以官司了结。今天你们青龙灯会来到我苏某家，是越湖过桥进庄拜年热闹热闹而已。青龙灯会众人听了，都一再表示，饮酒喝茶我们都不讲客气，玩灯受礼拿红包就免谈！正是酒性浓烈的高谈阔论中，门前的晒谷坪上走进来几十个穿着大方，气质不凡的老者，他们一进门就彬彬有礼地拱手，连说：欢迎！欢迎！青龙会几个首领见状，连忙起身相迎。这时苏春爹说，先请青龙灯的弟兄们玩上几合让我们开开眼福再说。语音未落，火铳鞭炮声、欢呼声、锣鼓声响彻云霄。瞬间，青龙灯会提亮壳子的走到耍珠叉的对面，将亮壳子往上一举发出讯号，耍珠的往上一跃，连响珠叉，顿时双龙并驾，飞奔从东边进入堂屋围绕一圈，再从东方进入厨房、书房、客房等至西边逐间串到后奔自大坪回头，龙尾交叉，龙头从交叉龙尾下穿过，点头向大门内行礼，然后耍出各种图案。由于场地宽阔，"玩龙灯"举把的心情振奋，他们施尽全力，玩得起劲，舞得开心，接着一连串的图案出现：《蝴蝶展翅》《马五围城》《双龙下海》《团鱼磨砂》《枫树盘根》《苏洲捆布》《六合同春》等。他们玩的每套图案都是生龙活虎。所举把子的、打锣鼓的都是个个汗流浃背，看玩灯的观众围得水泄不通，个个叫好……在人们的欢呼声中，青龙灯会和红龙灯会多年的结怨化解了。

玩龙灯的舞蹈图案（合子）有上百个，其中有难度大的如《枫树盘根》

《喜鹊搭桥》《孔明揭书》等。《孔明揭书》把劳力强度最大，首先是玩珠叉的把叉一举，双龙并排直行，珠叉又联响两响，双龙列成横队，举珠叉的带领双龙绕一圆圈，举珠叉自上，双龙换成直队。珠叉再举不断联响，紧跟着双龙从上至下，由下翻上地轮流翻滚，恰似翻书接页的形状。玩这类图案既有高强度的劳力，还要有准确的记忆，还有严格的讲究。如果出现一个龙把钻错一挡，导致龙被纠成死结难以解开。如出现这种情况，便是前功尽弃，东家老板指责闹事，自己也收不了场。从前乔口曾有地方俗语："灯打结，一家死绝"，"龙被缠身，一世单身"。以后的事故到底出自东家还是玩龙灯人的身上，鬼都不晓得。有的东家为保自身，将稻米扎入龙口，使其灾祸等不吉利的兆头，让龙吞入腹中后带回去。因为这样的事结怨结仇的不少。柳林湖飞龙寺的龙灯玩自东河坝的肖家，中途玩的就是《孔明揭书》打个死结，无法解开。东家老板端一盘大米只朝龙口抛去，还是耍珠的见多识广，他一不做二不休，手执珠叉跑到龙灯的尾把，将尾托起倒拖龙灯出屋，而引起纠纷，也是通过多方官司调解了结，后来听说就是本年度耍龙灯二把子的王某年龄不到四十岁暴病身亡。而东家的儿子由于长期赌博，几年输得精光，后以偷盗抢劫罪进监狱终身。

玩灯结束后，要举行送灯仪式。送灯仪式在水边进行，由长者焚香秉烛，跪拜龙王，然后燃起草堆大火，鸣放鞭炮，鼓乐大作。此时众灯把手倒提龙身，龙尾在头，龙头在后，从火堆上跳过。之后鼓乐骤停，全场肃静，依次回到会址。

随口就来的游春歌

"打土地"是鱼花港的一种民俗民间文化活动，开始流传时间大概是清朝中叶。"打土地"又叫"送春歌""赞土地"。所以"打土地"的人自称"游春"，因此游春所唱谓之游春歌。游春演员一般只有一个人，但也有两个合作的，他们不化装，不讲究穿戴，不配乐器，道具也就是一支竹尺、一面小铜锣。竹尺的规矩是一尺八寸长，小铜锣的规矩是三斤重。其实这都是传说中的规矩，实际上尺也没有那么长，铜锣也没那么重。竹板的顶端系着一带红绸，另一端系着铜锣。开腔赞土地时，游春人左手虎口压着竹板，中指、无名指、小指合作托住铜锣，食指上托竹板，下压铜锣，敲打时，大拇指压板，中指、无名指、小子顶锣，撞击发出有节奏的押韵声而伴奏。游春人自喻：

> 游春尺有一尺八，
> 走遍天下不犯法，
> 游春的锣子有三斤，
> 南京敲得到北京。

游春歌的内容都是赞语，一般他们的开头语是：

> 一步高来二步低，三步四步上阶基，
> 想要踏进金门槛，又怕金银财宝殿脚板。
> 看看来近发财门，恭喜老板过了热闹新春。
> 行到此处打开台，特到府上报喜来。
> 口又唱，脚又移，鞭子接哒我游春的。

脚踏阶基一线长，一对伞柱在两旁。

屋上盖的燕子瓦，左放单车左吊马。

四缝三间出厢房，前头一口养鱼塘。

东边起的是粮仓，年年收入有余粮。

西边起的屋不小，六畜兴旺收入好。

高山打鼓远传名，一家和气满堂红。

父子相和人感动，兄弟相和有干劲。

叔伯母相和家不分，子侄相和四季春。

邻属相和几多好，如当捡了珍珠宝。

伙计相和成事早，朋友相和义道好。

我把房屋赞完工，听我游春封财门。

左边门神胡庆德，右边门神陈上国。

唐王赐你三杯酒，金壶银壶不离手。

玉皇赐你酒三盅，一年四季守财门。

进得门来鞠个躬，游春要赞个满堂红……

之后，见人赞人，见物赞物，极尽赞颂之能事。特别对那些正在打骨牌的人，更是投其所好：

大门走过侧门来，正好四位贵客在打牌。

鬼骨子先生造牌造得拐，此牌正好三十块。

王母娘娘想一想，然后增加一副偿。

天牌出来满堂红，地牌出来打对人。

和牌出来弯又弯，梅四出来打长三。

板凳兄弟不分家，天九再大怕了它。

斧头一出黑十一，四六出来打尖七。

腰五腰六是最细，只能算个小弟弟。

杂七杂八怕杂九，三六它子称里手。

165

四个人打牌四人赢，输了游春一个人。

打牌的人本来是不愿拿钱出来的，听了"四个人打牌四个赢，输了游春一个人"这两句之后，心里当然舒服，于是，四个人都会拿个小红包以表谢意。

为了考验游春人的根底，也为了取乐，有的主人竟摆起阵头，如将笔、墨、纸、砚、剪刀、秤、尺等，加上红包，放在桌上。游春人要用韵语讲出所放物件的来历及用途，这就算破了阵。如果讲不出其所以然，不但拿不到包封，还说明游春人的学识不到家，只能乖溜溜地离开到另处去。如果游春人走进了办喜庆、寿庆的东家，那算是运气好，游春人可把所学全部搬出来，逐个逐个地赞，如新郎、新娘、寿星等。每赞完一人，被赞者都要给出红包。赞完人后还要赞物即将新房从上至下，从嫁妆到摆设，以致房中所有实物来历赞赏一轮，赞完后，主人照例以红包相谢。

鱼花港高家湾的卫眯子，自幼就学会了打土地，多年的实践加上他的临场发挥，后成了行家。民国三十八年（1949 年）春节，宁乡左家山的曹一爹六十大寿，堂厅高朋满座，晒谷坪上的龙灯、狮子舞过不停，正是观众看得津津有味时，卫眯子出现了，只见他边敲锣边打起腔调地唱道：

> 宁乡走到左家山，曹老板屋里把船弯。
> 走进堂屋一鞠躬，双脚踏进发财门。
> 今天曹府真热闹，龙灯花鼓狮子跳。
> 不是游春走四方，各号场伙难进当。
> 今日进了贵府门，特此参拜寿星公。
> 寿星爹爹福气好，活到百岁都不老。
> 寿星爹爹笑呵呵，发富发贵子孙多。
> 子一孝顺孙就贤，个个都点文武大状元。
> 我将寿星赞完功，（接了寿星包封后）双手接了大包封
> 调转锣子换转音，听我把寿星娭毑赞一轮……
> 他就是这样接接连连赞个不停，全家大小二十多个，

　　个个赞到，东家还留他吃了晚饭才离开，所敬包封的数那就不用说了……

　　打土地这门艺术虽然简单，不要道具不花成本，但必须有一定文化基础和临场发挥，随机应变的能力，主人才会心服口服，心甘情愿将包封拿出来。

土腔土韵的莲花闹

> 竹板一打走上台，我把水乡说开怀。
> 水乡本是鱼米乡，好水好鱼好风光。
> 自古本是南洞庭，沧海桑田到如今。
> 记得明朝洪武间，前辈祖先下湖南。
> 一无田，二无土，就凭娘老子送双手。
> 围垦开荒造湖田，捕鱼捉虾划白船。
> 如今建成鱼花港，感谢政府感谢党……

　　这段莲花闹出自鱼花港一个七十余岁的农家老汉之口。鱼花港一带的莲花闹，内容十分丰富，它走到哪里唱到那里，随时而唱，随地而唱，随行而唱，随机而唱，而且其语言通俗，音韵和谐，不但具有很强的宣传鼓动作用，也很有艺术价值。在鱼花港，很多人都会说这样的莲花闹，只不过行的是原汁原味的乔口土腔，押的是土生土长的乔口土韵，说的却是包罗万象的世间人和事。比如用莲花闹说鱼花港一带的湖、坝和塘：

> 听我来数这里的湖，共有一十八只湖。
> 最大的湖，团头湖，湖内之湖六汊湖。
> 闸坝湖，鸳鸯湖，康熙游的是月子湖。
> 茅湖炮湖七里湖，湛湖过去荷叶湖。
> 南湖中湖尹家湖，天井湖边青草湖。
> 举世闻名李家湖，正德皇帝来此湖。
> 讲完湖，又说坝，不是我今夸大话。

易家坝，施公坝，新坝陈家李家坝。

南坝木坝摇旗坝，李家湖边大小坝。

张家坝，何家坝，韩家垅有新塘坝。

数完一十三座坝，我还忘了黄泥坝。

讲完坝，又说塘，我今说塘更内行。

大塘分成前后塘，西边就是丁家塘。

清龙塘、徐家塘，下边就是皇马塘。

乾隆歇马在此塘，板油塘上下芦家塘。

探子塘过去刘家塘，文家塘边四墓塘。

磨子塘那边是姑塘，祠堂湾对面盘龙塘。

月塘荷叶包沙塘，鲫鱼进贡是鲜鱼塘。

正是因为这里湖、塘、坝很多，故这里捕鱼的人也很多，故说唱捕鱼的莲花闹也很地道：

数完湖坝沟港塘，捕鱼业置说端详。

撒网宜打深水凼，沉脚鱼上网莫想乱。

丝网下水喊得应，收网只嫌细了劲。

江河管闸活水流，手罾槁网切莫愁。

猪婆袋子绝崽子网，下水不愁篓不满。

手罾砣罩拖顶纲，深水之处莫开张。

摸圈子、鱼扎子，爬罐篾罩虾搭子。

沟港最宜用赶罾，炮火鱼类爱车边。

田边小沟装只篆，鳄边嫩公喂猫猫。

牛屎它子卡子钓，细鱼见哒吓得跳。

春夏暴雨闪电雷，一把鱼叉不空回。

鸬鹚啄鱼船上捡，放出只管洗锅等。

电船、围网、迷魂阵，下水把鱼打得尽。

国家保护水生态，以上三样是祸害。

说完捕鱼，紧接着就是以吃鱼为主的桌上的菜。关于吃的莲花闹更是带有浓烈的鲜味和诱人的香味：

来到乔口鱼花港，吃点土菜最理想。
早年的事情你信不信，狮头鲫鱼进过贡，
火焙鱼，漂过洋，毛主席点名要品尝。
就是毛嗲一句话，后来销到东南亚。
剁辣椒，蒸鱼头，豆豉老姜少放油。
鲢鱼腊制两面黄，惹得你流涎尺把长。
青梢红梢吃冷干，清油煎炸勤时翻。
抱腌鱼，要黄焖，气味香来肉又嫩。
红薯叶，煮嫩公，趁热吃得汗直淋。
淡干鱼，炸辣椒，酒后扒饭松裤腰。
大鳝鱼，切成片，清蒸小炒吃不厌。
小鳝鱼炸太极图。配上生姜和紫苏。
泥鳅炖粉热量高，脚鱼切块是红烧。
泥鱼白鳝用火锅，千张豆腐调羹拖。
草鱼嘴巴鲤鱼须，边鱼好吃是肚皮。
鱼来酒止老礼性，如今没有那个信。
吃了鱼，又吃肉，这碗荤菜口味足。
五花肉，就红烧，半素半肥的炒白辣椒。
素肉丁子煮薯粉，回锅肥肉吃上瘾。
肘子扣肉炸虎皮，红烧猪脚嫩黄的。
五元配料蒸猪肚，心舌冷盘好下酒。
猪肝汤，熘腰花，嫩黄牛肉炒茭瓜。
猪头猪耳腊味足，下饭酱豆蒸腊肉。

如果要吃鸡和鸭，笼里捉达当面杀。

土老鸡婆炖鲜汤，三伏子鸡炒子姜。

水鸭子，久点炖，洋鸭火锅味道正。

还有鸡杂和鸭杂，炒的时候配酸辣。

石灰蒸蛋撒点葱，虾子煎蛋是夹晕。

荤素合一最好办，就是苋菜煮皮蛋。

腻了口，吃小菜，园里现摘跑得快。

苋菜韭菜空心菜，黄瓜茄子蕻子菜。

萝卜擦菜坛子菜，酸脆爽口有榨菜。

农家小菜无污染，你想吃就放心点。

大家如果要放松，鱼花港里最开心。

又有吃，又有看，来个不见就不散！

女人说唱的"罐子会"

在鱼花港，有女人们自动形成的"罐子会"。只要谁家有大人生日、小孩"长尾巴"（周岁），或者是互相邀约，"罐子会"的女人们就会一窝蜂地到谁家闹腾一番，沏几罐芝麻豆子茶，喝一个愉快。有的甚至还要捧上几盘如红薯片子、春季的菜菔子、辣椒萝卜、炒花生、凉拌黄瓜、菜藕等土特产。"罐子会"还经常举行比赛活动，女人们挨家挨户去喝茶，一看谁家的茶食丰盛味好，二看谁家男主人迎客态度好。这里有句俗话，叫作"再荒不能荒罐子，再穷不能怠慢客人"，足见鱼花港女人们待客的热情程度。

芝麻豆子茶的配备很讲究。先是先将水烧开，冲泡茶叶后，将生姜在擂钵内捣碎，放少许食盐和炒熟的芝麻、豆子于茶罐内。以调和口味和起到生津解渴、祛湿驱寒的功效。筛茶敬客也有讲究。主妇右手提罐，左手拿茶盅，将茶罐不断地淌动后，将茶水倒入左手端着的杯盅中，然后反复几次，这才把淌得十分均匀的芝麻豆子茶敬送给客人。这样倒出的茶，每杯盅中的芝麻豆子数量相差无几，可谓一门绝技。若遇贵宾稀客上门和春节等节日来客，主人一宣会敬送一碗齐水干的红枣荔枝煮鸡蛋。有的客人懂礼信，会吃一半剩一半。这是因为鱼花港人平时只讲三声有，不讲一声无，吃东西要有吃有剩。有的人则吃个碗底朝天，吃完后有的人甚至会还要讲一句既客气又诙谐的笑话，说是老板盘算好，先打好底子，填饱肚子，省点饭菜。其实，鱼花港人既好客，又省已待客，他们一心想的是要让客人吃饱吃好。住在大路边上的人家，常备有一罐姜盐茶放在屋前的桌子上，供过往行人或叫卖的小商贩喝。进屋落座的就都是客人，家里的女主人就会很快地打理一番，端出一碗热乎乎的芝麻豆子茶来待客。

鱼花港女人的罐子会开到哪一家，那家的女主人便拿出看家本领煎茶，拿出对味的佐茶小食进行招待。女人们围坐一起，喝下第一盅茶，话多了起来。有的倾诉家事，有的述说听闻，有的夸赞对方，有的数落丈夫。说到开心之处，几个哈哈打得几里远都听得见，说到惆怅时，几声叹息甚至带出眼泪。此时的主人，第二轮茶又加了上来。此时喝茶的女人，兴趣也上来了，于是便为加茶的女主人唱起了歌：

> 芝麻豆子谷雨茶，姐妹喝了又有加。
>
> 喝了一碗又一碗，喝得不想收嘴巴。
>
> 老板娘子像朵花。

加茶的女主人听了，又是几个哈哈，哈哈过后接唱道：

> 日头出来几丈高，我在厨房把茶烧。
>
> 铜壶烧得泡泡转，瓦壶烧得转转泡。
>
> 不为客来我不烧。

是这样唱了几轮，女人们开始回想起做姑娘时的往事，于是就共同唱起了儿时唱过的《如何要我打洋袜》：

> 不怨爹，只怨妈，为何要我打洋袜。
>
> 打了洋袜真作孽，积劳成疾吐鲜血。
>
> 吐了鲜血不甘心，晚晚做事到三更。
>
> 四更睡，五更起，打了袜筒打袜底。
>
> 冬无火来热无风，晚晚睡得汗淋淋。
>
> 一寸金来一寸银，寸金难卖寸光阴。
>
> 长沙的机子汉口的针，乡里妹子发狠心。
>
> 对哒机子脚一蹬，刚刚穿线脱了针。
>
> 吃了饭，躲上床，好朋好友不久长。
>
> 老板只管生意好，早晨吃的豆腐脑。
>
> 中午吃的白菜心，晚上吃的萝卜丁。

筷子一响菜圆场，调羹一响光令光。

盆子一响水一匡，手巾一搭进机房。

机子没响，老板骂娘。

手腕子搅痛眼放花，心中只想转回家。

一要回去看母亲，二要回去散忧心。

想要中途来请假，只见老板脸一垮。

讲一声来骂一声，人人都有父母亲。

先说学哒为生计，谁知天天都怄气。

丢掉洋袜不打它，一心回去看人家。

看了人家几多好，和顺夫妻同到老。

想是咯样想，心又不能分，

身不动来手不停，一双眼睛看袜针。

　　唱完这如泣如诉的长歌，总有女人手搭遮阳向外一望，这才知道日头快当顶了。于是大家一哄而散，各自回家准备做中饭。女人们茶也喝得不少，话也说得不小，歌也唱得不少，罐子会就这样欢欢喜喜地散了。

且行且舞的"耍故事"

"耍故事"一般是出现在重大节日庆典和庙会祭祀活动之中的一种娱乐活动。所谓"耍故事"：是人们挑选一些青少年与幼儿，打脸挂须、戴盔披甲、穿红着绿、乔装打扮成各种人物，配以场景，安置在一个木做的台子上，名曰故事台子。每台用四至八个人抬着，再配以大旗、锣鼓、管乐和龙灯，在众人的簇拥下缓缓前行。

"耍故事"的内容，可谓色彩缤纷百花齐放。大致分为戏剧类、诗句类和神话故事类。像"游湖送伞""长亭送别""太白醉酒"这些属于戏剧类。诗句类是取唐人诗句，"明月松间照""雪拥蓝关马不前""人面桃花别样红"之意境，在台上再现出来。神话故事则有"嫦娥奔月""八仙过海""七姐下凡""刘海戏金蟾"等。根据这些内容制作的故事场面很讲究。不但当演员的人要选漂亮的，而且，这些人穿戴的衣服、鞋帽也要因角色而异，均要全新亮丽的。再就是台子上布置要恰到好处、别出心裁。由于一个台子就是代表一个群体，因此，人们不惜花钱，哪怕是从自己家里拿钱拿物也再所不惜。

乔口鱼花港"耍故事"的历史很早。由于相互竞争和人们爱看，"耍故事"成为重大活动中必不可少的项目。民国三十八年（1949年）九月初九是天后娘娘出案的庙会活动，其规模特别庞大，轰动乔口全镇和周边乡村。其中尤以五个行业制作的故事台子吸引人，因为这五个行业各有不同的特色。一是粮行以木制作的故事台子。它由八个人抬着走，台子上扎的是"王义章摆渡""桃园结义""三毛记打鸟"和"水漫金山"。二是手工业系统大木、篾业、园木等行业用木板做的一条船，船底下装着轮子，由四个人推着走。船上扎的是"拦江救主""水擒庞德"。三是彩船，由南杂、绸缎行用彩色绸缎制作，船上扎个白发"艄公"，"艄婆"是挑选最漂亮的年青俏丽女子，其一招一式都吸引着人们的眼光。四是鲜鱼行蛋行的高跷，那是用五六尺长的木棍子做成高脚，绑在腿上，使之变成长脚人。长脚人手拿折扇或兵器，招摇过市。五是搬运工人箩行、锅业和江西药业的"扎马"，用竹篾扎成马架子，再以彩绫或彩纸披在马架上，扮演故事人物按角化装后，骑在马上，无望近看，宛如文官武将列队而来。

"耍故事"的竞赛与龙舟竞渡一样热闹。从 1949 年以后就还增加了两支队伍。一支是二十面各色彩旗，由二十岁标准男子，身穿同一色彩衣彩裤双手举旗步伐整齐开路。一支是多种乐队如弦管乐队、国乐队、腰鼓队等随后。总之，每次活动以后都要引起长时间的街谈巷议，从举办者、演员到观众都有不同的回忆和反思。因此，乔口的耍故事一次比一次精彩，也一次比一次规模大。

庙会上的耍故事活动是神明出案时进行，这是一件很严肃的事。活动开始前，所有参加耍故事的人都要"净手"，站上故事台后，要列队到神像前举行一个简短的仪式，即行上香礼，行礼完毕后，神像起驾，耍故事的队伍随神像之后行进。沿途有百姓进行路祭时，耍故事的队伍要停下来，等待路祭过后，神像再次起驾方能继续行走。神明出案结束后，耍故事的队伍要等神像落座后，又行叩首礼，之后才能卸装。耍故事也才宣告结束。

高亢悠扬的"过山垄"

鱼花港的男子汉们喜欢唱山歌。这山歌是用仄韵唱出的，有时高亢而激越，有时婉转而悠扬。在平坦的田垄里，这山歌能在几里外的地方听到；在有山丘的地方，这山歌能翻越山丘，让山那边的人都能听到，因此叫"过山垄"。

"过山垄"从春天就开始在田垄中唱起。开春了，农家汉子们赶着牛下田翻犁湖田，牛在前面走，山歌随之唱了起来：

> 湖边岸上一丘田，赶起水牯套犁辕。
> 中间犁的鹅毛月，两边犁的月团圆，
> 月亮圆圆照满天。

在犁田人中，不乏白发苍苍的老人，老人也不示弱，一边赶着牛前行，一边亮出不减当年的歌喉唱了起来：

> 白发公公犁春田，右扶把手左拿鞭。
> 今朝脱了鞋和袜，不知明日穿不穿，
> 只望收成好一年！

"谷雨"过后，田里要施肥了，年前沤的大凼土肥要赶在好天气担到田中撒开。担着一百多斤重的土粪在田中行走，这是很重的体力功夫，可农家汉子们一边流着黑汗，还一边不忘唱上几句：

太阳当顶照长垄，作田汉子热汗淋。

早晨吃哒三碗饭，担子担得唠唠空，

好汉难过午时中。

这边田里的过山垄刚落音，那边田里的山歌又起了：

天上起云八个叉，满塘菱角开白花。

清塘鲤鱼来散籽，作田汉子担泥巴，

一身黑汗冒干纱。

快要立夏了，田已整平，秧也长高，要插田了。插田之前要扯秧，扯秧有个简短的仪式，叫作"开秧田门"。开秧田门无非是放一卦鞭子，赞几句好话，之后众人下秧田扯秧。鱼花港的农家插秧是一家插秧众家帮忙，于是帮忙扯秧的男人们便就势唱了起来：

鞭子一响冲上天，恭喜老板开秧田。

夏日谷子往上长，秋来谷子往下驼，

一年胜过十年禾。

秧扯好了，就要去插秧，鱼花港这里叫插秧为插田。插田时，男女老少排成一排，各自拿出看家本领，插得快的走在前头，插得慢的"关了巷子"。这中间，当然是年纪轻轻的少男少女们插得快，那些平日里做重功夫的中壮年男子插得慢，因此他们"关了巷子"。可他们也不急，照例不紧不慢地插。插得腰痛了，他们直起身子，望着前头的少男少女，唱了起来：

四月插田有好秧，插个小行对大行。

插个月亮对星子，插个凤鸟对鸳鸯。

插个小妹对小郎。

鱼花港地处湖滨，地势低洼，常为渍水危害。"小暑"节气之后，每当下几天大雨，河湖水涨，湖田就要遭受渍水侵害，农家汉子们便要架起龙骨水车，昼夜不停车地排渍水。长时间地坐在水车架上车水，心头百般无奈，于是，此起彼伏的过山垄唱开了：

> 一夜大雨淹禾尖，屁股莫想沾床边。
> 丈二筒子车渍水，车了一天又一天，
> 劝人莫要作湖田。

有的农家湖田多，又只有一架水车车渍水，就只好请几个人帮忙，采取轮班上车的办法，加快车水速度。在荒野湖滨和黑天晚上，为了使轮班车水的时间基本一致，就要采取"喊槽"的办法来额定时间，喊槽时，喊槽人依着提脚踩水车砣的节奏，每踩八脚便喊一句槽。喊槽为前后句，前句计数，后句临场发挥。此时正在休息的人就会记着，每十句为一个段子，直到水车上的人喊了十个段子，就去接班。"喊槽"既能计算时间，也能使坐在水车上的人不打瞌睡，还能促使车水的人加快提脚和用力。"喊槽"也是"过山垄"的另一唱法：

> 一个哪呵呵哩，一举成名哪呵呵；
> 二个哪呵呵哩，二龙戏珠哪呵呵；
> 三个哪呵呵哩，三阳开泰哪呵呵；
> 四个哪呵呵哩，四季发财哪呵呵；
> 五个哪呵呵哩，五子同科哪呵呵；
> 六个哪呵呵哩，六合同春哪呵呵；
> 七个哪呵呵哩，七星伴月哪呵呵；
> 八个哪呵呵哩，八仙过海哪呵呵；
> 九个哪呵呵哩，九树摇钱哪呵呵；

十个哪呵呵哩，十全其美哪呵呵。

过了多雨的季节，禾苗在田里勾头散籽，一年的希望快要实现了，农家汉子们心里开始快乐起来，他们或背着锄头在田间开沟理水，或担着草夹子在湖中打丝草沤肥，这比起那担土粪那样的重功夫要轻松多了，于是，这边在田间开沟理水的所唱的过山垄也就浪漫了很多：

十八岁姐呀三岁郎，天天晚上脱衣剐裤抱上床。
可怜我的哥呃，若不是看了堂前爹娘的面，
几个嘴巴打下床，你做崽来我做娘。

那边在湖中打丝草的听了，马上接过来唱道：

娘在房中搭了言，媳妇说话不周全。
他好比后面园中斑竹笋，有得几晚露水就冲上天。
后来恩爱乐无边。

那边打丝草的刚唱落音，这边拿锄头的又唱起了：

十八岁大姐三岁哥，犹如灯草打铜锣。
钝刀切肉皮上滚，薅锄子挖土本不深，
莫来揉痛姐的身。

拿锄头的汉子刚唱完，那边打丝草的又替三岁哥哥说话了：

娘在房中答句言，妹子呃，你耐烦等他三五年。
钝刀切肉只要多用劲，薅锄挖土只要去得勤。
淡酒多杯也醉人。

这一来一往的过山垄，传到正在吃罐子茶的堂客们耳朵里，引起一连串的哈哈；这哈哈飞到湖那边，正在捡网打鱼的汉子听得真切，于是喉咙也痒了：

隔湖听见郎唱歌，唱得大姐乐呵呵。

哥呃，你的喉咙嗓子何是咯样好？字字句句吐得清，

郎打山歌姐知情。

秋收过后，田里的事少了，农家汉子们也不闲着，他们有的到外面做些零工，有的做些小买小卖。这一时期，很少有人唱过山垄了。这也好像是他们所种的田一样，冬季休闲，积蓄能量；这也好像鱼花港的戏班子一样，唱完了一出，也要休息一阵子。然而，人们知道，来年的过山垄，又一样的高亢，又一样的悠扬。

雅俗共赏的礼俗歌

在鱼花港，不论是婚丧大事，还是起建新屋，都有一个不成文的规矩，就是以不同的形式，以押韵的文辞，进行赞颂，以增强气氛。这种不同形式的押韵文辞，以一种简易的腔调唱颂出来，是为礼俗歌。

新婚之夜，人们敲锣打鼓进入主人家中，谓之闹房。闹房的礼俗歌最为丰富。进入新房时唱的是：

鞭子一响，黄金万两。

红烛一对，荣华富贵。

走进新房，喜气洋洋。

众客满堂，听我赞扬。

大柜一双，富贵绵长。

书桌一张，儿孙满堂。

茶壶茶盅，热气腾腾。

八宝妆台，牡丹花开。

高挂红灯，喜气盈门。

青铜镜子放豪光，如花似玉照新娘。

不打粉，自然白，不搽胭脂桃花色。

新娘本是贤惠人，新郎本是有交情。

梧桐树上凤求凰，比翼齐飞天地长。

赞了新人赞新房，转身又赞象牙床。

何人造得此牙床，鲁班仙师和张良。

鲁班造床四只角，四口金砖塞床脚。

张良造床四四方，八角四柱万年长。

一代仙师手艺精，百般宝物百般新。

一般雕的龙戏凤，二般雕的狮朝圣。

三般雕的三星照，四般雕的魁星耀。

五般雕的五代堂，六般雕的六合长。

七般雕的七层楼，八般雕的八仙游。

九般雕的树摇钱，十般雕的十美又十全。

牙床做好一色新，红罗帐内起春风。

床上铺草，同偕到老。

草上铺褥，洞房花烛。

褥上加毡，情意绵绵。

毡上睡人，香气重重。

人上加人，罩起猫公

吉雨祥云，发子发孙。

好男子，生五个，

好女子，生一双。

文臣武将，才女皇娘。

七子团圆，地久天长。

牙床赞个花添锦，又赞脚盆和提桶。

提桶高来脚盆矮，来春就生胖伢息。

脚盆低来提桶高，明年打水洗三朝。

尽赞尽有，东家起手。

瓜子花生，落地生根。

红包好大，放进口袋。

恭喜恭喜，富贵到底。

闹完新房，又要闹新郎新娘的茶喝，但喝茶不能白喝，也要赞颂一轮才能端到茶：

锣鼓一停口又开，新郎新娘把茶抬。

茶盘四只角，新娘子像和合。

茶盘四四方，豆子芝麻加盐姜。

若要喝茶把茶赞，若不赞茶只能看。

茶盘上面十杯茶，十全十美我赞他。

一杯茶，人之初，今世姻缘前世修。

二杯茶，前世缘，夫妻和好共枕眠。

三杯茶，三才者，早生贵子享福也。

四杯茶，孝四方，明年生个状元郎。

五杯茶，此五堂，五子同巢把名扬。

六杯茶，此六谷，唐王赐你全家福。

七杯茶，乃七义，荣华富贵归府第。

八杯茶，乃八因，琴瑟调和笑吟吟。

九杯茶，乃九族，全家大小享福禄。

十杯茶，此十义，十全十美好福气。

我今赞茶是玩意，啰里啰嗦搞一气。

要喝茶的自己端，不喝茶的莫乱窜。

麻芝豆子快点嚼，好让新郎新娘搞那个。

　　相比之下，丧事期间的礼俗歌就很严肃，且要讲究历史典故。只有如此，才能得到主人的尊重，也才能符合悲伤的气氛。二十四孝是很多人难以唱全的，可在鱼花港这一带非唱全不可。只不过由几个人组成的卖唱队伍在唱二十四孝时，有乐器伴奏，唱的是花鼓戏中的"西湖调"或"劝夫调"，而那些独行的卖艺人，就用快板的形式把二十四孝唱出来：

孝家堂前一树幡，幡飞直上老君台。

老君台上行大孝，二十四孝唱开怀

孝感动天是虞舜，父顽母嚚孝心重。

象鸟为之田地耕，尧帝让位天下尊。

戏彩娱亲是老莱，七十事亲乐开怀。

只要双亲开口笑，彩衣五色庭前来。

鹿乳奉亲是周郯，双亲眼疾自心烦。

身衣鹿皮山中守，鹿闻孝心奉乳还。

为亲负米周正由，家贫无食心中忧。

百里背粮奉父母，双亲故后叹犹愁。

啮指痛心是曾参，山中打樵有客临。

母啮指头儿心痛，骨肉至亲感念深。

单衣顺母闵子骞，身着芦花大雪天。

父亲一怒休后母，子千跪地说成全。

亲尝汤药汉文帝，太后有病亲挂念。

亲将汤药送床前，孝临天下真少见。

拾葚供亲汉蔡顺，岁荒拾桑供母亲。

熟者奉娘生自食，赤眉牛米相赠君。

为母埋儿汉郭巨，家贫少食度饥荒。

埋去一子添娘食，掘坑得到金一缸。

卖身葬父是董永，傅家庸工买寿坊。

感动苍天垂恩赐，槐阴树下配鸳鸯。

刻木事亲是丁兰，少时父母俱早亡。

刻木而成父母样，天天侍奉在高堂。

涌泉跃鲤是姜诗，侍奉母亲好心肠。

井中每日跃双鲤，夫妻床前送鱼汤。

怀橘遗亲是陆绩，六岁怀橘在衣襟。

袁术见之问明白，方知奉母有孝心。

扇枕温衾是黄香，九岁失母奉椿堂。

夏扇凉风冬暖被，赢得千古美名扬。

负母逃难是江革，兵灾动乱背娘亲。

乱兵匪首不忍杀，皇上封官拜将军。

闻雷泣墓魏王裒，侍亲至孝世间稀。

母亲最怕雷声响，风雨墓前长相依。

哭竹生笋是孟宗，少年丧父奉娘亲。

母亲冬日想笋吃，竹林抱竹笋乃生。

卧冰求鲤是王祥，侍奉继母好心肠。

继母想得鲤鱼吃，卧冰得鲤解衣裳。

扼虎救父是杨香，一十四岁作田郎。

父亲山上逢白虎，他扼虎颈脱灾殃。

资蚊饱血是吴猛，八岁家贫孝双亲。

夏无蚊帐蚊虫咬，不驱不赶咬自身。

尝粪心忧庚黔娄，弃官不做事父忧。

亲尝粪便甜与苦，愿代父死奉床头。

乳姑不怠唐夫人，侍奉家娘费孝心。

升堂挤乳数年月，崔家媳妇发子孙。

亲涤溺器黄庭坚，奉母尽诚孝感天。

不用奴婢洗便器，自己动手洗几年。

弃官寻母朱寿昌，弃官寻母费时长。

五十年间不放弃，同州寻得古稀娘。

二十四孝古人传，事迹催人热泪涟。

世人尽孝心如许，家和业旺百事全。

在鱼花港，农家起屋建房是大事，也是喜事。传统的建房是以木匠为主师，每当墙体砌到封垛上梁时，主人要用红绸包着木匠的斧头，斧头下压着红包。上梁由木匠师傅执礼，有的木匠师讲礼让，将上梁执礼的事让给为主的砌匠师傅。但不论是木匠还是砌匠，在上梁时，鞭子一响，就要先将主人准备的糖果饼干从最高的墙头往下丢，让看热闹的大人小孩去抢，然后打起腔调赞了起来：

东边一朵紫云起，西边一朵紫云开。

两朵祥云同合彩，张良鲁班下凡来。

此日真的不寻常，东家上梁最吉祥。

天机不露我先知，此时上梁正当时。

正梁，正梁，生在何处?长在何方?

生在昆仑玉皇台，长在山阳人宝岩。

鲁班弟子上岩前，遥对师父念真言。

周周正正大又长，鲁班就用尺来量。

大木架，一丈八，小木架，一丈三。

裁下两头做中桩，中间一节做正梁。

木马一对做鸳鸯，墨斗曲尺比凤凰。

一下斧子砍到堂，二下刨子放豪光。

一根金线下海中，先钓鳌鱼二钓龙。

钓得龙头出太子，钓得鳌鱼出将军。

太极图在梁正中，兵书宝剑两边分。

三星在户，金玉满堂。

贺喜东家，今日上梁。

紫微高照，大吉大昌。